高峰秀子

ああ、くたびれた。

幻の随筆集

河出書房新社

ああ、くたびれた。

幻の随筆集

◉

目次

装幀――友成　修（データ作成・枠元治美）

あぁ、くたびれた。

幻の随筆集

ニッポンのスタジオ

昔の撮影所という所は当時の流行の尖端を行くといわれ、撮影器具から照明、録音、装置、あらゆるものが、とにかく世の中のものより一歩進んでいたことは事実でしょう。ところが戦争が始まって外国特に米国からの器材は止り参考になる映画自体が見られなくなっては、もはや落目で、それが現在に至っているのですから、アチラの映画を見せられては残念ムネンと思って土台何ものもない私達は田作《ゴマメ》のハギシリにも及びません。東宝でも新東宝でもカメラは出来たてのミッチェルを廻して得意になっていた時代が十年前はたしかにあったのです。それが現在の第一線器で、今もって、ガラガラギイギイ廻っているのですから、同時録音のセット内は、あんまり人には見せられない図です。防音プリンプを只かぶったミッチェルならばまだまだ画にも描けますが、其処《そこ》らにある座布団から軍隊毛布、貸布団やのツギだらけのかいまきまで巻きつけた巨大な時代の尖端を行く怪物は、いとも悲しげな音をその布団の中でたてながら、毎日毎日酷使されているのが現在のスタジオ風景なのです。人間なら

25歳

とうの昔にすり切れて死んでしまっているでしょう。勿論カメラだけでなく撮影所内のあらゆるものが古くて摩滅して、時代遅れになっているのは、日本中がそうなっているといえば仕方がないことですけれど、私達はせめて一日も早く良い条件で、愉快に楽に仕事をしたいものです。

こんなことを考えると、せめて夢を見て私達の理想境に遊びたくなります。

スタジオは防音は勿論、防寒より冷房を完備してあって、常に一定の温度で仕事が出来るようになっています。ライトは現在のように、あんな大きな重いものではなく蛍光を発する小型強力のものに代り、無数に天井にあるそのライトは下のハンドル一つで点滅移動が出来るようになっていますから照明部は今みたいに三重の上で裸で重いライトを動かす曲芸的な仕事から開放されます。マイクは全然小型になって柱の蔭とか花ビンの蔭、電灯の傘の中などに入っていて、ソレ、マイクの影が出たの画面にマイクブームが入ったのと今のように神経を尖らす必要はなくなります。セットは何処《どこ》でも自由に割れたり、上に吊り上げたり、またすぐ音もなく組立てられたりして、一カット毎のカット・バックなどという時間が少くなって、その為にもクレーンは特に発達して、指の先の如く曲りながら何処までも目的物を追って行きます。これは現在でもアメリカ映画がヒチコック監督のもとに十分間一カットとか、それ以上の長いカットをやりつつあるのですから、もはや夢とは申せません。こうなると演技者も科白を覚えるのに一苦労ですが、勿論準備期間の練習には一ヶ月も時間を取っても良いと思います。画面は勿論天然色ですから多彩なセットの色、衣裳の色で目を奪うばかりで、音もなく動くカメラ、大道具、その中に練習を積んだ演技者の芝居、科白のみが聞える有様は想像しても身が固くなるような緊張の一場面でしょう。こうなってこそ映画は時代の最尖端を行くといわれ私達の本当の生甲斐のある所なのですけれど、ああ……。

今日もビショビショ雨が降って自宅からコーモリ傘をさしてスタジオに行けば、セット内は縦横のライトコードがうずまいて、バックにぬった泥絵具の匂いと塵の匂いが交り合って、うら悲しい結髪部で出番を待っている間に、停電で一寸《ちょっと》時間がかかります。こんなことでお正月映画を二週間で上げなさい、といわれている今の映画製作、せめて私達は夢でも見るより仕方がないではないでしょうか。

（『キネマ旬報』1950年1月上旬号）

秋山庄太郎さんのこと

27歳

私が映画界に入ってから百年になる（マサカ）。とにかく長い年月である。何枚もの写真を、イヤ、何百枚もの写真を撮られたり、撮らせたりした。ダカラ私の顔は、殆んど舐めるように撮られてしまった訳である。

「私の顔はもう無い、もうみんなが寄ってたかって撮っちまったよ」

この頃、時々、私はそんなことも云うのである。今迄に、私を撮った写真が千種あったとしよう。千一番目の人が、何とかして千一番目の私を見つけようと思って、いろんなことして、私をヒッパリ廻して私を撮る。

けれど、出来上った写真を見ると、なあんだ、「これは八百八十八番目のやつだよ」と云いたくなってしまう。

私はどうやら、長い間に、一枚一枚、念入りに撮り尽されてしまったらしいのである。

が、秋山さんは、千一番目、千二番目の写真を撮り、創造することが出来る、私にとって貴重な写真家の一人であると思う。

秋山さんに、写真を撮られることは、だから、私は嬉しい。

勿論、秋山さんが好いと思っても、私が、「テンデ、嫌いだよ」と云ってしまう写真も、何枚かある。

「そうかなア、ジャこれは……」

秋山さんは、そう云ってまた別のを出して見せる。

「ウン、これ、好きだよ」

秋山さんは、思う壺！の顔をする。同じ場所、同じ時間、同じ顔。然《しか》し、秋山さんは、異った私を、フィルムに確実に捕えるのである。

不思議である。それが芸術の深みと云うのだろうか。

秋山さんは、興味ある芸術家だと思う。

そんな秋山さんを知り始めてから長い。私はちっとも進歩、発展しないが、秋山さんは、どんどん先きを歩いて行ってしまうような気がする。

大きな眼で、ハッタと睨まれると、秋山さんはちょっとこわい人になる。然し、その時が、秋山さんの一番燃焼している時で、眼がギョロッとすると、「ハハン、いい写真が出来そうだナ」と思っちゃう。

秋山さんは、写真をちっともくれない。私の最も不満とする所である。

「ナカナカ、いい写真が出来なくてネ」

なんて、いつも胡麻化されてしまう。

「同じフィルムなんだから、いくらでも同じものが出来ると思うだろう。だけど、絵と同じなんだよ。同じものは、永久に無いんだ。タッタ一枚、いいなァと思うと手放したくなくなるんだ」

私は、秋山さんのこの答に満足してしまう。だから、私は秋山さんの撮った写真を殆んど持っていない。

秋山さんが、作品集を出すそうである。

私の写真も、二、三枚片隅の方に載せて貰えるとのことである。

私は、新らしい「私の写真」を早く拝見したいと、楽しみに待っている。

（秋山庄太郎『美貌と裸婦』双芸社、1951年6月）

私《モン》の巴里《パリ》

27歳

地図で見てもわかるように、パリーは沢山の城門に囲まれた古い街。そして、バスティーユの監獄だとか、アンバリッドの廃兵院、凱旋門など、フランス革命の昔を偲《しの》ばせる歴史的な建物をめぐって、あちこちに美しい公園や大きな森のある人懐《なつ》っこい都会である。そして、街の真ン中をセーヌ河がゆるやかに流れています。

私の住んでいた下宿はオルレアン停車場の近く植物園のすぐそばです。ですから、グラビアの写真にも、ルーヴル博物館とか芸術橋とかルュクサンブール公園とか、下宿の近くの風景が多いでしょ。パリーの名所といえば、凱旋門やエッフェル塔の他にコンコルドの広場や、最も華やかなシャンゼリゼ、グラン・ブルバールの夜景も欲しいとこ。でもパリーの灰色の空気はやっぱり吸ってみなくちゃわからない。

パリーの夏はとっても暑い。お金持はスイスへ避暑に出かけちゃうし、貧乏人は家族づれで田舎へゆき、学生は自転車にのって郊外へゆき、パリーの街はカラッポ。プラタナスの葉

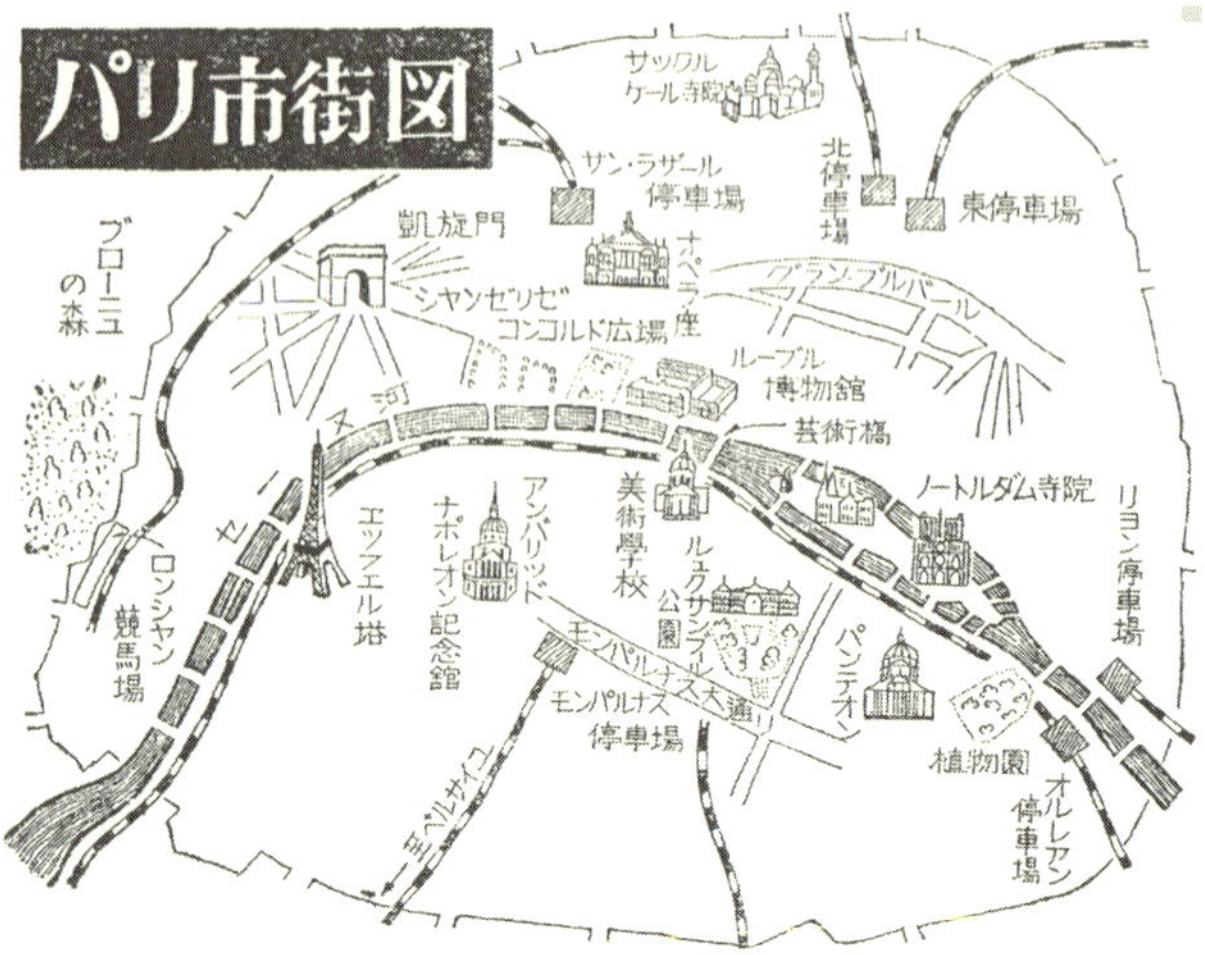

が黄ばんで、ヤキ栗やさんが出てくる頃になると、劇場も街も活気づきます。でも日本晴れっていうような天気は少なくて、ドンヨリとした日が多い。

ニューヨークは走っている——パリーはよどんでいる。

やっぱり私は日本が一番好き。今私は六カ月の旅を終えて、故国のコタツに入りながら、真白い雪につつまれたパリーをはるかに偲んでいます。

（『平凡』1952年3月号）

平山秀子氏の生活と意見

デコ大いに語る

28歳

私、時間だけは、とてもキチンとしてるんです。座談会やなんかでも、いつも、一番最初に行っちゃう。自分の性格もあるんでしょうけど、撮影の仕事は、時間をキチンとしないと、何十人という人が、メイワクするでしょ。中には時間を守らない人もいるけど、自分は、あいうことは、やりたくないんです。小さい時から、身に沁みてるんですね。時間のことは、ホントに、誰に聞いてもらってもわかるけど、この点だけは大丈夫。

自宅は面会お断り

撮影のない時は、十一時でも、十二時まででも寝てます。まあ寝ダメというわけネ。あとは雑誌関係の約束をすませたり、活動をひとつ位見るか、ソレくらいですね。仕事中はとても映画なんか見られない。そういう時は、モノ見てもダメ。第一、そんな疲れた神経で公平な見方できるわけないでしょ。けっきょく忙しいだけに不勉強なわけですよ。本もよみたいけど、仕事中は台本よむくらいが関の山。撮影のあるときは、もう自分じゃないんですからね。朝、大体八時までに撮影所へ入ります。撮影に入ると、自分の時間なんてことはあまり考えないんです。

今居るのは、フランスから帰って入った十一坪のとても小さな家なんです。以前は、撮影のない時は、自分の家だと便利なものだから、雑誌社の人やなんか、皆家へ来ていただいたんですけどそうなると、もう、自分の家が、休むところなのか、仕事場だか、わかんなくなっちゃうんですね。

人間は、秘密というほどでなくても、何か人に知られたくないというようなことがあるでしょ。それなのに家で写真をとるとなると家具は勝手に動かされるやら、何でもかでも断りなしに引っかき廻されあげくの果てはヒューズがとんで真暗になるという騒ぎ、何しろ人のベッドまで撮《うつ》して行くんですからネ、向うも商売だからやるんでしょうけど……。

それで、フランスから帰ってからは、「家がせまいから」ということで、一切、家へは来て頂かないことにしてるんです。居留守を使ったりするのもイヤですものネ。近く、もう少し広い家へかわりますけど、ここ半年ばかりで、こういう習慣ができましたから、もう、この習慣守って行きたいですね。女中さんと二人で、とてもサバサバしてます。フランスへ行ったのがキッカケになって、そういうハシバシのことまで、いろいろ、変えることが出来ました。ともかく、もとから、そうやりたいと思っていたのがやっと実現したわけ……。

好奇と偏見の中で

画は好きでチャーチル会へ入ってます。でも、以前、フランスへ行く前のことですけど、会からスケッチ旅行に行ったんです。そうしたら、どこかの写真屋さんがついて来るんですよ。自分は楽しみで描こうと思ってるんでしょ。ほんとに小さな楽しみなんです。それなのに、人がたかって、自分だけじゃない、他の方まで描けなくなっちゃって、私を護衛していっしょに歩いて下さる始末。宿屋の二階なんかで、つっ立ってると、もう下に人がたかってしまって、しようがないから、ヒラメみたいに、へいつくばってかくれて描くでしょ。もうそれでイヤになっちゃった。

そういう思いをさせるのは、好奇心を通りこして罪悪ですよ。そんなわけで、それ以後チャーチル会へも出なかった。フランスから帰ってからは、会の方も、「気にしないでオイデオイデ」と言って下さるし、そんなことでムクれるのは自分の根性が小さいからだ、と思ったんで、このごろ、またひまのある時は会へ出るようになりましたけど。

撮影所ってとこはとても良いところと悪いところがある。映画を作ることは好きなんだけど、映画界の雰囲気はイヤだな。

私はいわゆるスターの中で一番おそく自動車を持ったの。それは撮影所の現場の人なんかが、よく若い女優さんが自動車で出入りするのをみて、「ナンダイ」なんていってるのを知ってるから……。自分の仕事するまわりの人が、一番大切なんですから、いっしょに仕事する人に、そう思われるのはイヤなの。そうなると、自分も仕事がしにくい、と思ったから、つい、こないだまでは円タクに乗って、ヒョコヒョコ行ってたんです。このごろはそんなのは自分の気持が小さいからだと思ってるけど、私、そんな、とてもチッチャな、グシャグシャしたことに気をつかうんですよ。「チクショウ、あの女優」なんて言う人がいると、とても、悲しいんです。皆、同じ人間でしょ、仲良くやってゆきたいですよ。

パリにいたとき、こちらから住所を知らせたわけじゃないのに、なんとかして調べて現場の人が手紙くれましたし、ハワイへロケに行った人が、みんな何かしらお土産を買って来てくれるんです。そういうの、とても嬉しいですね。撮影所にもこういういいところがあるんですね。

人間嫌いの兆候

ファンの座談会なんかで、私がカルメンみたいな役やるのはイヤだという人もいますけど、ソリヤ、別に問題じゃないと思うの。そのために、自分がいつまでもその役に固まっちゃうわけじゃないし、第一同じことばかりやったんじゃ、つまらないですよ。

そういう点で感心するのは長谷川一夫さんね。あの方は、ホントに、芸の虫っていうか、同じカツラかぶって、いつも同じような役なのに、その度に何か工夫してネ。えらいと思うんですよ。私たちには出来ないことよ。私たちは、いつも背のびして、何か知らないものをつかんでゆきたいでしょ。本当は娘役なら娘役を、あきるほどやるのがホントでしょうけど。私は、どこかチャチなんですね。いつも、何か新しいものをやってゆきたいんです。

今までよく、高峰秀子は転機に立っているとか、危機だなんていわれたけど、いつもそういうことといわれながら、二十年間やって来ちゃったんです。ずっと同じことを……。

私は、次の仕事にかかる時、一生懸命「こんどこそ……」なんて思わない方なの。そんなこと思ったって、マージャンみたいに、ツかない時はツかない。着々とやって行くよりほかしようがない……。

私は、一体に人を信用しないんです。何しろ小さい時から、自分のことでいろいろのウワサが出て、いろいろいわれる。それが、みんな、ウソやデタラメばかり……。そういう目にあってるから、どうも人を信じられない。人を信じないところからニヒリスティック（虚無的）だなんて評判も出るんでしょうけど、女優としては損なことネ。

こないだも、ある雑誌社の人が、撮影準備してるときにインタビューに来て、「あなた、自分の性格について、どうですか」なんていうから、「自分のことなんかわかりません」って言ったら、まわりに居合わせた人が、「この人は、ふつうの人が面白がることは、何にも面白がらない」って言ってました。

私は、井戸端会議ってものが、とてもイヤなんです。自分がそういうふうなこと言われるのがイヤだから人のこと言わない。私は、何でも、自分の眼で見なきゃ信用しない。だから、いろいろな人のウワサが入って来ても、みんな私のとこでオシマイ。

それに、このごろ人に会うのがイヤでしようがないんです。広告や何かでモデルになるのもすっかりイヤになった。モデルにはモデル専門の人があるべきだと思っているの。何も女優にネ、やらせることないじゃない？　生意気かも知れないけど、ああいうのは、若い人なんかで、これから人気を出したい人がやれば良いことで、女優さんが自分からどんどんモデルになることは、どうなんでしょう。私は、いろいろと、似合うかどうかわからぬものを着せられるのがまずイヤなんです。女優さんを使うってのは、影響が大きいから使うんでしょうけど、似合いもしない服をただ流行だからといって着せられて、それをまたマネされるのはたまらないわ。ですから今出るのは座談会とか対談だけ。これなら、自分の意思というものを出せますから。

私は人気も信じないの。ワアッとわくようなカッサイをされていた人が、いつの間にか消えてしまった例をいくらも知ってるもの。

私たちのようなブロマイド的人気は、〝活動〟に一年も出なきゃあ忘れられちゃうんです。そんな人気は何でもありゃしない。そんな人気が気になるようだったらパリなんかに行きゃしませんよ。

どんな、ささやかにでも、自分というものを育てて行きたいの。泡のような人気に巻きこまれて、ハッと気がついた時にはもう何ものでもない、なんていうのはイヤなんです。

女優という女の生活

また私には、映画ファンでないファン、つまり私をかわいがって下さるエライ先生方があるんですけど、これは、大変イケナイと思うんです。やっぱり映画やってるんだから、映画ファンになっていただきたい。人間をかわいがってくれるだけでは、自分にとっては、そんなもの、全然アテにならないんです。そんなことでうぬぼれない。

ただ、自分の眼で見て、信用できる有名な人のところへは、自分で出掛けます。梅原さん（龍三郎）や志賀さん（直哉）なんかのとこへ行くのも、先生方は、私を変な好奇心でごらんにならないから行くんです。そりゃ、誰だって好奇心はあるでしょうけど、先生方のは、まあ高級なので、もたれていってもいいものなんですネ。有名狂でそんな先生のところに出入りしたいなんて気持はちっともありません。ただ楽しみなんです。

考えて見ると、女優という商売、つくづくイヤになるナ。あっちこっちで……らしいとか、……らしくないとか、無責任なことばかりいわれ、いつも人の前に立たされているから、どうしても妙なポーズをつくらなければならないし、……そんなポーズから私なんか、なるべくヌケ出したいんだけど、やっぱり残っているんだろうナ。

私ンとこへも「女優になりたい……」なんていってくる人がいます。そういう人に「女優なんてつまらないものよ」「かりに名声やお金が出来ても何になるの」って、いってやりたいけど、その人は、女優になることで満足するかも知れないから、そんなこと、ハッキリいえませんものネ。人と自分は違うんだから、自分の考えを人に押しつけることは出来ない。ただ、そういう人も、肉体的な労苦を説明すると、それだけは、よくわかるらしいの。

お金にしたって、一本で何百万円なんていわれるけれど、何十年かかって、それだけとれるようになったんだし、会社の宣伝でホントより多くいわれるんだし、それにお金を貯めるようじゃ、女優なんてダメになる。

大ていの人は、私たちのところへ、チヤホヤしてやってくるけれど、ハラの中で「女優の分際で……」なんて考えてる人があるの。そんなのは、ピンとわかっちゃうから、こっちもそういう人をケイベツするから同じことですよ。ガリガリのおじいさんとか、往々にして金持ちとかにね。だから、間違っても、金持ちのお嫁さんにはなりたくないナ。金がありゃ、何でも出来ると思ってんの、キライだ。

生活が大事か、女優という仕事が大事かっていうと、断然生活だナ。生活、生活よ。でも、例えば、結婚して、一応の生活が出来るとしても、矢っ張り、二十年ずっとやって来た仕事と、どうしてもテンビンにかける。なんてったって、自分を今まで育ててくれた仕事ですからネ。それを捨てちゃって、普通の生活に入れるかどうか……。

女優なんて、好きじゃないけど、それで生きてるんだと思うとネ……。

（『週刊朝日』１９５３年１月４日号）

人気女優という名の人形

ジプシーの占い

古い話になるけれど、命のセンタクをしにパリに行っていた時、ソルヴォンヌの近くの小さなロシヤ料理店で食事をしていたら、若いジプシー女が入ってきて、私の側にぺたんとくっついて、手相をみせろといってはなれない。私は言葉もよく判らないし当惑したが、本物のジプシー女というものをゆっくり見たい興味で手相をみてもらう事にした。

女は真黒い髪の毛を真中でぴたりと分け大きな灰色の眼をギラギラさせながら真すぐに私を見つめた。やがて私の持っていたハンケチを手に取りくしゃくしゃと丸めて赤い唇《くちびる》をとがらかして一方のすみっこをふっと吹いた。そして早口でこうしゃべり出したのである。

「お前は赤ン坊よりちょっと大きくなった頃から大人達の中へ入って仕事をしている」

「そして現在もその仕事をつづけていてそこらの男よりずっと高給をとるだろう」

29歳

「お前はここから帰って又その仕事をつづける事になる。お前の家庭は肉親の愛情がない。お前は仕事と愛を一つの手に持つことが不可能である」

これ以上つづけられると私の頭ではとうてい彼女の言葉を理解出来ないと思ったので、あわてて、一〇〇フランの札を私のハンケチと交換にまだ五月蠅《うるさ》くしゃべりつづけようとするジプシー女を後にして外に出てしまったのであるが、日本を遠くはなれたパリの町で少々涙ぐましくなっているところだったので、そのジプシー女の短かい言葉が、わあと頭の中でふくれ上りいろいろな事が胸の奥からとめどもなくながれ出してきた。私はゆっくりノートルダム寺院の方に歩きながらそのながれに何の抵抗もなく身をひたしていた。

私の頭の中には、神経質に疲れ果ててフヌケのようにパリを歩いている私ではなく、小さい小さいおかっぱ頭に、胸にゴムの乳首をぶら下げ白いエプロンをかけたチャン（私の小さい時のアダ名）が小さいぽっくりをはいて立っていた。

女優生活のプロローグ

私は二十五年前に、今の母にもらわれて、北海道の函館から東京へ出てきたのだった。鶯谷の細い露路の奥に二階借りをして、近所の子供たちに北海道弁を笑われてはテレ臭そうにみそっ歯をかみしめて母の背中へかくれに二階へかけ戻ったものだった。

その頃、松竹で鶴見祐輔さんの「母」という小説を映画化する事になって、その子役の募集があった。父が松竹に知り合いがあったので撮影所見学かたがた四歳の私は何も知らずに母に手をひかれて生れて始めて、撮影所の門をくぐったのだった。

そして多勢の子供達の一ばんはしっこに貧乏臭い私も顔を並べた。それが、私の女優生活のプロローグだったのである。

首実検の結果私が採用されて、私は川田芳子さんの子供になって映画に出た。子供ながらにいきなりいいきものをきせられたり、何度も同じことをやらされたりして子供心にハンモンした事もおぼえている。「母」が終ると又次ぎ又一本という風にしまいには男にされたり女にされたりひっぱり凧というようになった。その頃、子役というものは五十人近くもいて、その親達はお金をつんでも子供を映画に出したいのが多く、男の子がこんなにいるのに何も秀ちゃんばかりを使うことはないだろうというので、私はともかく母がちくちくやられたらしく母は時々子供部屋のすみっこで泣いていたものだった。

私は、小学校に入った事は入ったのだが、なにしろ学校へゆくひまもない位忙しくて、それでも人気みたいなもので、四年位までは級長をしていたが、四年すぎると実力がものをいう、成績はぐっと落ちてくる、子供心にもヒステリイを起す、学校へゆきたいゆきたい、これればかり考えていて、これが私の一生の一ばんはじめのなやみになったわけだった。

十三歳になって、子供とも大人ともつかぬ中途半端になった時、五所平之助先生の「新道」で田中絹代さんの妹になって出た。それを見てP・C・Lから「来ないか」といわれた。私の家は貧乏だった。大森から大船の撮影所へ通うのに子供のつくり声をして半額の定期券を買った想い出などもある。けれど子供だから貧乏の辛さよりも、学校へゆきたいゆきたい、これからの女優は女学校の一つも出ていなければ、とそればかり考えていたので、女学校へ入れてくれるという条件に今まで世話になった松竹を去る心苦しさも忘れてしまって、私はとうとうP・C・Lへ入る決心をしたのだった。

この時、思い切って、松竹をはなれなかったら、今頃は松竹の大部屋でごろごろしていたかも知れない。私は運命なんて信じない方だけれど、今考えると誠に自分では仕方のない力というものの偉大さを感じる。

東宝（P・C・Lを吸収）へゆくと、モダンな撮影所の魅力もさることながら、私はお茶の水の文化学院に入れた嬉しさでわくわくとただ嬉しかった。

けれどもそれも一年とつづかなかった。山本嘉次郎先生の「綴方教室」に出る頃は目のまわるような忙しさで、一ヶ月に二、三日の登校日数では他の生徒にしめしがつかんとの理由で学校を首になってしまったのである。私は悲しくてウップンの持ってゆき場もなかったが、まだ出演本数を自分で決める立場ではなく仕事を止めれば学校へもゆかれないことではあるし、私の一ちょうらの登校用のセーラーはその次ぎの日からは、撮影所通いのユニフォームとなってしまったのである。私の女学校への夢はこうしてあっけなく崩れてしまった。

学校は止めたが、仕事の方は、「綴方教室」「馬」とつづいた二作品が大人子供の年齢の代表作となって、私の少女期はこうしてすぎて行ったのである。唯一の撮影所外の世界、学校をやめてしまってからは、この忙しさでは対世間的な生活などあるわけでもなし、私はただただ撮影所というわくの中で育って行くより仕方がなかった。

映画界の不人情さ

撮影所、映画というものは、近代的な企業として表面は形態を飾ってはきたとは言うものの、ひと皮むけばまだまだその奥には古臭い浪花節的義理人情やら「顔」やらがはびこっているように思える。もし映画というものが本当に正しい企業のあり方なら最近の五社協定などでも、実にヘンな話で、そうなってからおどろいても、もうおそいので、それ以前にもっとしっかりした態度を持っていなければならないのだと思う。

会社にすれば新人を売出すのには、先《ま》ず多くの映画を作って顔を売らなければならない。それにはお金もかかるだろう。けれどもその俳優を恩をかゝせにして数年間自分の会社にしばりつけようとするのでは俳優はまるで人形あつかいではないか。それでは何のことはない近代企業のお面をかぶっていても、封建的な徒弟制度の映画界の素顔が、半分はみ出しっぱなしというものだ。

それは映画会社も看板娘的なものが欲しいのは当り前であるから、それは両者間で納得のいく条件でそうするのもよいだろう。しかし、それでなくとも人材の少ない日本映画で、バイプレイヤーから何から何までしばりつけようというのは判らない。そうした人達を映画界全体に交流してこそいい映画も出来、それに依ってもっとお互いが成長していく事ではないのだろうか。

私は現在フリーの立場にある。フリーになりたいと前から思っていたのが、フリーになるには矢張りある年期?が必要だった。一つの映画会社の専属になっていれば宣伝もしてくれるし本数も出演料の保証もある。けれどそれだけでは矢張り不満足である。スタアなどと一面はなやかな名称で呼ばれてはいるものの、そこが映画会社の不人情なところで、たいていの場合はスタアという名前が先になって本人はそれをフウフウ言いながらおっかけているという場合が多くある。こう言うと、映画会社は「何、一生けんめい売出してやったのに」と飼犬に手をかまれる思いかも知れないが、本当に本人のためを思うなら映画でコキ使うことばかり考えないで、もう一つ勉強する時間をあたえて欲しい。そして名実ともにりっぱな俳優にしてくれるのが親切というものではないだろうか。全くのところ、今の売出しの人達は、年がら年中はたらきづめでその労働のはげしさには、撮影所へ見学に来る人達でもびっくり仰天する位である。

けれどもそれが無理な注文だとしても私はしばられるのが嫌なばかりにフリーになったのではない。姿や形だけでは通用しなくなった現在、何よりも大切な事は、言うまでもなく演技である。とすれば私には演技以前のもの、つまり生きている人間性がない。二十年かかって、私の持ったものはいやな言葉だがブロマイド的人気とニコニコ女優の看板だけである。

何かの雑誌記者に映画女優としてのヒケツなるものを聞かれた時、私は「それは先ず多くの人に愛される事だと思います。甘えたりコビへつらう意味ではなく人間として自分を成長させる事です。人間としてりっぱになれば人は自然に愛してくれると思います」と答えた。女優というものは、社会性がないの何のと言われるが、これももっともな話だと思う。例えば人と口をきいて「さあ……、あのう……おほほほ」では困るのである。

秀子であって、秀子でない私

私は、赤ン坊の頃から好きも嫌いもなくこの世界に入ってしまったので、ある観点からみれば第三者の眼で映画界というものを見る事が出来ると思う。また、そうすることが是非必要だとも思う。映画の仕事をしていても映画におぼれてしまってはいけない。俳優はことに自分からはなれて自分をみる事は常に必要だと思うのである。

　例えばの話、映画を撮っている間はちやほやされていても、その映画が出来上ったしゅん間私という者は会社にとって何でもなくなってしまう。つまりもう必要でないのだ。のたれ死しようが、自動車にはねとばされようがそんなこと知っちゃいないのだ。映画の製作というものはそんなものだ。

　一本の映画を撮る。やっと出来た。ああくたびれた、お疲れ様。さてお客の入りはどうかしらと一しきり二しきり気をもんだ揚げ句、又新しい仕事にとっくみ、急いでその役を自分なりに消化しなければならぬ。そして自分のものにしなければならぬばかりでなくそれを観客に伝えなければならぬ。こうなると責任問題だ。これでは、時間的に無理の重なるのが当然のことのようになってくる。おそろしくあわてたり間がぬけたりして、リンキオーヘン、常にのみとりまなこをしながらウロキョロしていなければならない。

　その上デマだゴシップだといいかげんホンロウされて、いつの間にか私とは別の高峰秀子さんなんていうものがでっち上げられて、その秀子さんが恋愛したりいそいそと勝手なことをやっているのを本人がきいてビックリなんていうのは全くひとごとではない。

　私のような気の小さい者はしょっちゅうビクビクイライラしてしまって、それでなくても視界のせまい映画という井戸の中でキリキリまいするばかりなのである。

こんな生活が十年もつづいては五体がバラバラとまでゆかずとも軽い分裂症にかかること受け合いというものだ。

全く映画の世界とは人間を無性格にするところである。

何故こんなにヤキモキしながら暮さなければいけないのか、誰もいけないとは言わない。言わないが、現実そうなってしまっている事は事実なのであるから、どうにかするより仕方がない。

私は高峰秀子であるけれど、他人の作った高峰秀子では満足をしない。それなら平山秀子というものははっきり存在しているだろうか、いません。いるわけが無いのである。

小さい頃から高峰秀子の方がずっとのさばってきてしまったのだから。

高峰秀子というものがおおらかな、自分の理想に近いような人間ならば平山秀子なんて存在しなくてもよろしい。だけど高峰秀子はあまりにもチャチです。チャチでチャチでちゃんちゃらおかしいです。しかも平山秀子とあってはそれこそお米もとげない情ない人間であるのです。

私は仕事をはなれてもシャンと立って歩いてゆける人間になりたい。

今の私を支えてくれるもの、それは人気かも知れない。でも人気ははかないものです。夢のようなものだと思います。

私が人気を信用しないと云うと何だ生意気な、そんなら贔屓《ひいき》にしてやらないぞ、とファンの方達は怒るかも知れないが、私は人気が要らないと言っているのではない、もちろん、支持してくれる方達があればこそ私はこうして映画界にいられるのだ。ありがたいとは何時《いつ》も思っているのではあるけれど、それならばといって、人気に甘えて自分を甘やかしてだらしなくなるのは嫌だと思うだけなのだ。私が現実的な女だと言われるのもこんなところからくる言葉なのかも知れない。

私はスタアなどという言葉は虫ズがはしる位テレ臭い。私はまだまだそんなきらびやかな名称をもらえる身分ではないのである。

もっと外の空気を！

映画は総合芸術であるのでいろいろな部門が集まってそれが一本のフィルムになるのである。キャメラをのぞく、ライトをかける、衣裳を着せる、セットのデザインをひく、そして撮される。これ等は一本のクギ、一つの柱であり、私もその中の一本のクギにしかすぎないのである。クギはクギらしくというのが私の持論なのであるから背のびしたって始まらないのである。けれど、一本のクギの役目を最大限に成長させてゆきたい。今はその過程にあるのである。私の映画生活も、もう二十何年になるが、私は全く運の好い奴で松竹から今に至るまで苦労らしいものをした事がなかった。まあ私の苦労といえるものがあるならば、こうして永い間映画に出ていることが苦労と言えるのかも知れない。というのは、映画の出来は二の次ぎとしても、観る方に飽きられたら俳優はお終いであるからなのだ。お馴染を通り越して飽きられてしまったら、もうどんなに観てくれとたのみ込んだって前に戻るものではない。観客はそんな甘いものではないのだから……。

私は「お前は何をやっても型にはまらない、庶民をやれば貴族的に、貴族をやれば庶民になる、どうも額ブチからはみ出すのはどういうわけだ」と言われた事がある。

私はそれでいいのだと思っている。

画家の勉強のようにデッサンからはじめて一段一段のぼりつめてゆき、始めて油に取りかかるという基礎的な勉強も、もちろん必要だと思う。

が、私の場合は、二段から四段へ、八段から十一段へと時々飛躍しなくてはならない。一口に型にはまりたくないというと判りにくいかも知れないが、こんなところにも十年選手と言われるものの苦労があるのかも知れない。

人気女優としての私の態度はゼロに近いと思う。

何故ならば、私のようにファンに無愛想な女優も少ないと思う。

私はさっきも言ったように、人気が要らないというのではないのだが、それが道の真中で、または食事中にサインを、といって目の前にサインブックの山が出来る。私を支持してくれる仕方がそんな形になって現れてくると、ありがたいより情ない気持ちの方が先きに立ってしまうのだ。

支持してくれるならもっと心の中で労《いた》わってもらいたい、と要求するのは私の方が無理だろうか。

私は撮影所という古井戸の中で育ったので、ある意味では特異な育ち方をしたかも知れない。頭は小さくちぢまって、触覚ばかりが発達してという風に。ことに最近は、他人と話していても「りっぱな事を言う人だ」と思う人が私より年が若いのでギョッとしたりすることが多いのである。

外に出れば出るで人だかりがし、ゆっくり町を散歩も出来ない。店に入れば高く売りつけられるか、負けてくれるかで、キザな言いようで恥しいが、人がどの位親切なものか本当のところを私は何も知らない。

家で本を読んでいたって勉強にはならない。一人の人間である以上、私も人並みに散歩もしたり、ものを見たい。パチンコもやりたい。それでこそノーマルなものの見方考え方というものも出てくるというものではないだろうか。

私はもっと外の空気を吸いたいのだ。

何だかグチばかり並べたようできまりが悪いが、仕事上では何といっても今の私は幸福なのだろう。自分で出演作品を選べる。ある程度はシナリオに口ばしを入れる事も出来るし、使って欲しい監督さんにはほとんど出してもらった。

独楽《こま》の様に！

私がつべこべ言ってもその結論は、仕事一本で出さなければならないのだ。千の言葉を言うより一つの映画の出来工合で答えが出てしまうのだ。私は古い女で、自分をかくしてしまう性質を持っている。どんな場合でも自分にメッキをかけてしまう。

だから、世間で、あれが高峰秀子の地だと思われていることが案外私の地ではないのかも知れない。が、こんなことは一寸《ちっと》もほめた事ではないのだし、何の足しにもなりはしない。もっともっと仕事の上でも、私をたたいて、きたえて欲しい。私は、たたかれていなければ駄目になってしまいそうで不安なのだ。

小さい頃から他人によりかかって、他人の力で育ってきた私は、撮影所のアカだらけだ。撮影所の悪いところだけを一身に吸い取って生きてきたのである。

私は、何も信用しない、信じるという事がどんな事だか私は知らない。

一生何も信じないでゆけるものだろうか。

私の知らない事は多すぎる様である。

一本のクギの前途は、はるかだ。

さびつかぬ様に、そして私の自称紋どころである独楽《こま》のようにキリキリ舞いをしながら、その道を歩いてゆくのが、私の運命のようである。


（『文藝春秋臨時増刊映画読本』１９５３年10月５日）

女優に関する十二章　一映画女優としての自己批判

人気の意義について

私は女優って人気を信じない。

わあッと湧くような喝采をされていた人が、いつの間にか消えてしまった例をいくらも知っている。私たちのような〝ブロマイド的人気〟は「活動」に一年出なきゃア忘れられちゃうのだ。そんな人気は何でもありゃしない。

そんな人気が、気になるようだったら、パリなんかまで私は行かなかった。

どんなささやかなものでも、自分というものを育てて行きたい。泡のような人気に巻き込まれて、はッと気がついた時にはもう何ものでもない。なんていうのはいやだ。

広告や何かでモデルにされるのも人気があるからなんだろうけど、何も女優にさせることないじゃない？　生意気かも知れないけど、ああいうのは、若い人なんかで、これから人気を出したい人がやればいいことで、女優さんが自分からどんどんモデルになることはどうなんだろう。女優を使うってのは、影響が大きいから、使うんだろうけど、似合いもしない服をただ流行だからといって着せられてそれを真似されてはたまらない。

それにしても女優の命って短いもんだし、私もやっぱりこれっくらいのもんだろう。いつかはやめるもんだし、やめないまでも、所詮は哀れっぽくなっちゃうにきまっている。女なんていうものは、長い間女優してたけれどなんにもないってことが、やっぱりつまんなかった。

人間嫌いの心理について

女優であるために面会者が多い。自宅へ雑誌社その他の人が来る。撮影で疲れているのに、まして自分のうちなのに休むところなのか仕事場なのかわかんなくなっちゃう。

人間は、秘密というほどでなくても何か人に知られたくないというようなことがある。それなのに家で写真をとるとなると、家具は勝手に動かされるやら、何でもかでも断りなしに引っかき廻され、あげくの果てはヒューズがとんで真暗になるという騒ぎ、何しろ私のベッドまで撮《うつ》して行くんだからかなわない。

向うも商売だからやるんだろうけれど、フランスから帰ってから自宅での面会を謝絶という習慣を守っている。

女中と二人でさばさばした気持になってほっとしている。これはもとから実現したかったことだった。

私は人に会うのが、いやでしようがないんだ。私は一体に人を信用しないのだ。何しろ小さい時から自分のことでいろいろの噂が出て、いろいろ云われる。それが、みんな嘘やでたらめばかり。そういう目にあってるからどうも人を信じられない。人を信じないところから、ニヒリスティックだなんて評判も出るんだろうが、女優としてはたしかに損なことに違いない。

お金と名声について

私のところへも「女優になりたい」なんて、いってくる人がいる。

そういう人に「女優なんてつまんないもんよ」「かりにお金や名声ができても何になるの」って、いってやりたいけれど、その人は、女優になることで満足するかも知れないから、そんなこと、はっきりいえないもんだ。人と自分は違うんだから、自分の考えを人に押しつけることはできない。

ただ、そういう人も肉体的な労苦を説明すると、それだけはよくわかるらしい。

お金にしたって、一本で何百万円なんて、いわれるけど、何十年かかってそれだけとれるようになったんだし、会社の宣伝で本当より多くいわれるんだし、それにお金を貯めるようじゃ、女優なんて駄目になる。

大ていの人は、私のところへ、ちやほやしてやってくるけど、肚の中では「女優の分際で……」なんて考えている人がある。そんなのは、ぴんとこっちでわかってしまうから、こっちもそういう人をけいべつする。ガリガリのお爺さんとか往々にして金持ちとかが多い。だから間違っても、金持のお嫁さんにはなりたくない。お金がありゃ、何でも出来ると思ってるのきらいだ。

健康の定評について

映画の人は、みな丈夫だといわれているけど、私はそれはフルイにかかって残っちゃったのだと思う。昔及川道子さんて美人がいた。その人がセットへ、ベッドを持ちこんで、撮影のワンカット毎に横になってねていたことがある。

セット撮影なんかやった翌日、鼻かんでも黒いものが出るんだから空気が悪いんだ。私も小さい時、肋膜をやったし今でも時々いたい。私、若い時、若いから若いから、って無理したけど、いけない。今すぐあっちこっち痛くなる。私電話取っちゃおうと思うことあります。

休んでいる時……。

ところで、人間は肝臓かなんかを丈夫にしておくといいんだそうだ。

それから、からだのことだけど、ふとるのはいやなものだ。食べたいだけ食べちゃうくせに……。私、盲腸で入院したことがあって、その時おしとやかにしていた。病気だし当り前だけれど、私は注射がきらいなんだ。手術室から病室に帰って来た時間いたら、普通の人は、注射一本でいいらしいんだけど、あたしは効かなかったらしく二本しましたって、看護婦さんが云ったとたんに〝こんちきしょう憶えてやがれ〟って云ったそうで我ながらがっかりした。

占いと縁起かつぎについて

俳優は、名前とか占いに、こだわるけど、私は信用しない。いちいち見てもらっていたらロケにも行けなくなっちゃう。

私は、信用しないんだけど、パリに行った時に、ジプシーに見てもらったら当ったんでびっくりしちゃった。きたない人なのだ。その人が、〝あなたは赤ん坊からちょっと大きくなって仕事をして、男にまけない給料を取って、帰ったら、またその仕事をするでしょう〟って云って、いろいろ当る。あとを聞きたければもう一〇〇フランよこせというからやめちゃったけど……。

灰田勝彦さんなんかコッている。一升ビンに水を入れて持って来る。それがロケまで……

一応の過去について

私は可愛いかったらしい。宣伝しておこう。だけど、ベソばかりかいていたらしい。弱くて、今日死ぬか明日か、と思われていたらしい。北海道が合わなかったらしくて、東京へ来てから丈夫になっちゃった。今はたたいても死なない。

北海道は函館。だけど四歳まで……。よく新聞社なんか「函館はどうでした」なんて聞きに来るけれど、困っちゃう。憶えていないのだ。憶えているのは七つの時のことだ。ウチが貧乏で、今の新宿の〝伊勢丹〟が〝ほていや〟だった頃、そこで七つのお祝いの着物一揃い買ってもらった。とてもうれしかったので忘れられない。

私、どの雑誌にも四月一日生れって、書かれるけど、三月二十七日生れなのに、どういう訳なのかしら。今に死ぬ日も決めてくれるかも知れない。

わたしはニキビが出来ないたちだ。小さい時どくだみを飲まされたからだろう。いやでね。だけど飲むと一銭もらえた。それほど美人に親はしたかったらしい。私、今度生れるときも女でいいや。

自動車との関係について

撮影所ってところは、とても良いところと悪いところがある。映画を作ることは好きなんだが、映画界の雰囲気はいやだ。

私はいわゆるスターの中で一番おそく自動車を持った。それは撮影所の現場の人なんかが、よく若い女優さんが自動車で出入りするのをみて、

「――なんだい、ふん」

なんていっているのを知っているからだ。自分の仕事するまわりの人が、一番大切なんだから、いっしょに仕事をする人にそう思われるのはいやなんだ。

そうなると自分も仕事がしにくい、と思ったから、つい一昨年ぐらいまで円タクに乗って、ひょこひょこ行ってた。最近はそんなのは自分の気持が小さいからだと思っているけれど、
私はそんな、とても、くしゃくしゃした、小さな、ことに気を使ってしまうんだ。

「ちきしょう、あの女優」なんて、いう人があると、とても悲しいんだ。

みな同じ人間だろう。仲良くやって行きたい。

女優の文章力について

出版といえば「巴里ひとりある記」を映画世界社から出したことがある。何しろ生来の怠け者の上にもってきて、半年間のパリーのひねもすのたり的生活で、身も心もブカブカふやけてコチラへ帰ってきたんで、やれ仕事だ。やれ本だといわれても頭の中でウワ言のようにつぶやくばかりで、一向にはかどらなかった。まあ時期的に大ずれにずれてしまったが、やっと出来上った途端、今さらながらわが身の不勉強さ、無責任さに良心がちくりと痛むのを感じたもんだ。

まず、私のようなチンピラが身の程をわきまえず出版するなどとはおこがましいじゃないかということ。

安くもない紙を使って、大きな活字をおし並べ、少い電力で印刷をする。ところで内容は一体どんなためになることが書いてあるっていうのだ。無責任じゃないかということ。

おまけに内容の貧困さをごま化すために外皮や紙ばかりが上等になって、これでは全くさぎじゃないかということ。

これをまた三百四十円もふんだくって人に買わせるとはあんまり図々しいじゃないかっていうこと。

私は自分で作った本に見事におしりをデンとどやされた思いがした。

ところが本が放出されたら、おどろいた。書評も大変好意的で出版記念会はやってくれる。生意気はおこられるより優しくされた方が素直になれるもんだ。根性曲りは可愛いがられる方が、いい子になるもんだ。

放送と映画について

私はただただ放送はお断りという主義だ。ほんのちょっと、出たことはあるけど、それで自分できいてみた。でも私の放送なんてインチキだ。素人だから向う見ずに出来るんだけど……。

私が放送をいやなのは、マイクがいやなのだ。誰もいなくて、森閑とした部屋で、あんな所で一人でやるのが恐い。マイクにポツポツ、穴があるのが、大きく見えて恐いんだ。おそらく私は純情に違いない。あの穴に顔がひとつひとつ出てくる。そんな気がする。それから放送しながら自分の声が全国に聞えていると思うと、駄目だと思ってしまう。……それに台詞が棒だし。映画とやり方が違ってむずかしい。

映画なら、肩に手をおいたアップでその人の気持がわかるわけだけれど、放送だと「あなたの肩に私の手をおいた」なんて云っちゃブチこわしになる。

ラジオでいいと思うのは、舞台だと「ああこういう風に云えばうけるから、この次からこう変えよう」なんてお客によって、すぐ変えたりできるけど、ラジオの時は舞台みたいに変えられないから、却ってお客に惑わされずに自分の好きなように出来るっていうことはある。それがいいことだ。

私は、今放送に出る場合は「二十の扉」とか、対談とかそういうものしか出ない。私は自分を知っているから。

歌はうたえないし、だから、きめられた役みたいなものは映画で見てもらいたい。放送に出るっていうのは、私がどんな喋り方をしてどんな人間か、っていうことを知ってもらいたい時、役じゃなくて自分の感じが出る。それがラジオだと思う。座談会とか対談とかだと、どういう人間かわかるだろう。そういう場合は出る。「扉」なんかはゲームだから楽しんでいる中《うち》にマイクの存在を忘れちゃう。そういう楽しみか、自分を知ってもらえる時だけしか、放送に出ない。ずるい条件なのだ。

恋愛について

私は女優だから映画のファンね。また、そのファンではない別なファンもあるけど、つまり私を愛してくれる人がずいぶんいる。これは大変いけないことだと思う。映画ファンだけであってもらいたい。

人間を可愛がってくれるだけでは、自分にとって、そんなもの、全然あてにならない。私はそんなことでうぬぼれない。

自分の眼で見て、信用できる人、頼れる人、愛せる人なら、自分の方から出かけていっちゃう。まず、私を好奇心で見ない人なら一応安心できる。

私は女優のくせに、ほんとに惚れちゃうと、人気もなんにもいらなくなって、すぐドテラなんか縫いたくなっちゃう方だ。

まあ、私の対象になれる人は意志のはっきりした人だ。はっきりと物を割切って自分の意志を通す人ってことで、ものの良し悪しを判別できる人だ。煮えきらない人、都会人の悪いくせだと思う。この頃の人はあまりはっきりしない。日和見する人は大嫌いだ。そこから後は枝葉のようなもので論ずる必要はない。人間は誰でも長所短所があるんだから、いちいち云ってたらきりがない。私を引きずってくれる人、教えてくれる人、相手になってくれる人だ。

だけど映画界っていやなもんだ。周囲がうるさくて、恋人も得られない。ジャーナリ屋があとをつけ回してゴシップを書きたがるし、周囲がこせこせお説教するし、やりきれやアしない。

結婚の前提について

私は映画俳優だから、高級労働者ってことになる。だから結婚して私に寄りかかろうなんて考える人はごめんだ。遊ぶような人は……。

何でもいい。何か誠実に仕事をやる人、収入が少なくてもいいけど、能力のない人は困る。年齢なら、年下は頼れなくていや。やっぱり年上だ。年上ならいくら年上でもいい。職業はどんな職業でもいい。だけど映画人だけは結婚したくない。私は映画というものを長く知っているから、幻滅を感じるのだ。私は奥さんになったら、引っこんじゃう。映画とは縁切り。だけど映画の中で長く暮していたから、ふつうのおかみさんと同じになれないかも知れないと思う時もある。

と、いって私はやっぱり松井須磨子になれない。私っていう女は潔癖なんだ。いくら私をリードしてくれる人がいたって同じ仕事をしていくのはいやだ。

結局、私はアバンなんだ。本当はアプレとアバンの中間だけど、やっぱりアバンの方なんだ。割りきるのは苦しむから、私っていう女は、はっきり物をいうけれどこれはアプレじゃない。今まで云わなければ生きてこれなかった。派手な女優生活をしていても、もうそろそろまじめに結婚ってことを考えるようになった。これまで結婚したいと思う男の人には一ペんもぶつからなかったけれど、そうは云っても私は自分の我を通そうとする女じゃない。

演技について

ファンの座談会なんかで、私がカルメンみたいな役をやるのはいやだという人もいるけれど、そりゃ別に問題じゃないと思う。

そのために、自分がいつまでもその役に固まっちゃうわけじゃないし、第一同じことばかりやってたんじゃ、つまんないだろう。

その点、感心するのは長谷川一夫さんだ。

あの人は、本当に芸の虫っていうか、同じかつらをかぶって、いつも同じような役なのに、その度に何か工夫している。えらいと思う。私たちには出来ないことだ。

私たちはいつも背のびして何か知らないものをつかんでゆきたいにきまっている。

本当は娘役なら娘役を、あきるほどやるのがいいんだろうけれど、私はどこかちゃちなんだ。いつも新しいものをやっていきたいんだから……。

今までにもよく、高峰秀子は転機に立っているとか、危機だ、なんていわれたけど、いつもそういうことといわれながら二十年間やって来ちゃった。ずっと同じことを……。

私は次の仕事にかかる時、一生懸命「こんどこそ」なんて思わない方だ。そんなこと思ったって、マージャンみたいにつかない時はつかない。

着々やって行くよりしようがない。

（池田哲郎編著『雲の切れ間より——映画女優の生活と意見』徳島書房、１９５４年９月）

モンペよさようなら

戦争中から戦後にかけての何年かが、ちょうど私の青春時代だった。戦争が終って、明るい電灯の下でモンペを脱ぎ捨て、スカートをはいたときの感動は忘れられない思い出である。母の和服が私の洋服に化け、毛布でオーバーコートを作って、それで結構娘らしいおしゃれをしたつもりで得意になっていた。戦争映画はとどめを刺され、代わって女優たちの活躍が期待されはじめた年でもあった。

（『漫画讀本』１９５６年11月）

どうして役をつかむか

32歳

〝どうして役をつかむか〟とひらき直ってきかれても、私はとほうに暮れてしまう。私のばあいは、子役から今まで、仕事が自分の生活のようになっているという特別な条件があるのでそれをどうこう考えたこともないし、強いて問われれば馴れでやっていますと答えるより仕方がない。演技には秘伝とか虎の巻というものはないのだから。しかし、それではあまりに味もそっけもないので一般の参考になるかならないかは別として私の実行していること、感じていることだけを少しばかり書いてみる事にする。

映画の根本は何といってもシナリオである。シナリオが悪かったらどんな名監督だってよい映画は作れない。それと同じように俳優にとっても、役をつかむ唯一の手がかりはシナリオである。私は、シナリオを手にしたら、先ず自分を計算に入れずに白紙の状態でそれを何度でも読む。何度も何度も読みかえしながら、自分の気持をそのシナリオの世界に溶け込ませてゆく。私は器用でないのでいつも、シナリオを出来るだけ早く手にすることにしている。

でなければ安心できないのである。しかし、このばあい、最初読んだ印象が、一番強く頭に残るから、混乱しないために、決定稿以外はなるべく読まないことにしている。また、原作のある場合は、原作には一度くらい目を通すが、それ以上は読まない。そして、脚本からだけではどうしても理解できないところだけパラパラとひもといてみるくらいである。映画をみる人全部が、原作を読んでいるとはかぎらないし、自分の役だけ原作に忠実に演じようなどとしたら、ひとりよがりの、自分にだけわかったようなものになるだけだからである。

こうしてストーリイや人物の性格が頭に入ったら、次にその役柄を次第に肉づけしてゆく。しかし、別にモデルを作って、それを基礎に肉づけするわけではない。また、自分の過去の経験に頼ったりすることはあるが、結局は、自己の創造力にたよる以外にはない。つまり、シナリオを読みながら、あれやこれやと想像力を働かしてゆくわけである。又こんなこともしてみる。自分で、シナリオを全部声に出してテープレコーダーに吹き込んでみるのである。目から入るのと耳から入るのにはちがいがあって、こうすると思わぬ矛盾が発見されるのである。そこでもう一度、役を通して考え直す。わざと矛盾した行動をするようにシナリオに描かれている場合は別として普通の人間は生活にも感情にも統一があるはずである。つまり、矛盾を契機にして、その役をより深く理解してゆくことが多い。

舞台の俳優さんは、舞台稽古でギャラをもらうといわれるが、私も、クランク・インのまえに自分の演技についての計算をほとんどきめてしまう。だから、私は撮影中より、クランク・インする前の方が、苦しみも楽しみも多い。クランク・インしてしまえばもはやサイは振られたのであるから撮影しているうちにどうにかなってゆくなどという器用な真似は私にはできない。だから本当は、二、三日しか出ない脇役など、それだけで役をつかむことなど出来るものではなく、四〇日から五〇日もぶっつづけででる主役より、よっぽど難しいと思う。

俳優にとって大切なことは、監督さんがその映画にどういう意図をもっているのか、絵がらはどうなるのか、つまりどんな映画にするつもりなのか、を理解するということがある。つまりその映画の中に自分がどうおさまるべきか、自分をパートの一つとして考えてみる事である。自分だけ熱演したり、自分の気持をおしつけたりすれば画面からはみ出してとんでもない作品が出来上る。たとえば「二十四の瞳」は風景と子供が中心なのだから、自分の演技も、それと同一化したものにならなければならない。ここで百面相をして力んだら、作品をぶちこわすことになる。この点で近ごろ感心したのは、「居酒屋」「最後の橋」に出演しているマリア・シェルの演技である。彼女は表情も多いし、柄も大きいのだが、何よりも教えられたのは、自分のでている映画の性格を、実に的確に理解した上でその映画に入っていっているようにみえたことである。

よく鏡をみて演技の練習をするというようなことをいわれるが、これは余り役には立たない事である。表情というものは人間がどういうことを考え感じているのかを理解すれば、自然に出てくるものである。また、人間がどう考え、感じているかはどういうところに生きているかによって決ってくるものなのだから、むしろ、全体を理解し、そのなかでの自分の役をつかむことが大切だと思う。自分の出演する箇所だけ鉛筆をひっぱって読んで演技が出来るなんて、よほどの天才だけであろう。勘がよいとか、わるいとかいわれるが、それだけで演技の上手、下手が決まるものでもない。

また、原作のイメージだけからミス・キャストだとか何とか批評する人がいるが、これもおかしな話である。前に述べたように、映画は大衆を相手とするものであって原作ものはなんでもかんでも原作通りでなければならないというキマリはない。映画として納得できればそれで成功であると私は思っている。

たとえば、「流れる」で、私の演じた勝代という役は原作では、大柄で、不器量で、どうにも芸者商売には向かない人間としてあつかわれている。ところが、シナリオでは、芸者にむくむかないではなく、そもそも、芸者という商売が嫌いで、人の機嫌をとるなどということの出来ない人間として描かれている。つまり、芸者という古い世界を否定する唯一のこの映画の救いの役割を受けもっていることにかき変えられているのである。これを若《も》し原作にこだわってイメージに従ったら作品はぶち壊しになってしまう。「近松物語」に私の顔が出てきたらと思っただけで、ぞうっーとする。しかし、明るいとか、健康だとか、オチャッピイだというような個性は、その人の個性というより多く出演した映画のイメージから勝手に作られたものが多い。

なにはともあれ、いつでも順応性のある素人のように、映画の全体の性格を理解し、そのなかに素直な気持で入ってゆくこと以上に大切なことはない。そして自分が感動することと、他人を感動させることとは、はっきり別のものであることを理解することも必要である。

（『キネマ旬報』1957年1月下旬号）

サラダはいかが

33歳

私達夫婦は、お互いの仕事が時間的に大変不規則なため大体が「すれちがい」の毎日である。たまに二人揃ってわが家で食事を、と思ってテーブルの前に坐ったとたん、電話のベルにかわるがわる呼び出され、味噌汁は冷え、お茶漬けはふやける。これでは呑みこんだ食物も満足に胃の腑に納まらず「えーと、今晩は何を食べたっけ」などと思い出せないことも往々である。そこで半分は必要に迫られ、半分は短かい共通の時間をやりくりしての憩いの場所はというと、外での食事ということになる。幸か不幸か、美味い（そして安い）ものを食べることには両方とも絶対の興味をもっているので、ひまさえあれば美味いもん訪ねてあちこち歩きまわるのである。二人とも大体辛いもの、それに野菜が好きなので「イタリアン・サラダ」をはじめて喰べた時は狂気した。二回、三回とサラダにひかれて通ううち「もっと辛いといいいな」「玉ねぎが足りないな」「にんにくがもっと入ってるといいな」それじゃ一つ家で作ってみようよ、ということになってこれを台にして自分たちの好みを取り入れて二人でサラダ製作にいそしんだ。以来「イタリアン・サラダ」はわが家の料理の一つになり、来客にも喜こばれ、たまにはブドー酒のコップなどを並べてイタリア気分にひたっている。私の想像による、そして創造したサラダをここに紹介すれば、

二人前として、サラダ菜三個（レタスに非ず）、玉ねぎ一個、ピーマン一個、トマト一個、サラダ菜は一枚ずつきれいに水洗いして手で適当にちぎり水をきる。ピーマンは細い輪切り、玉ねぎもうす切りで水にさらす、トマトは皮をむいて適当に切る。今度はソース。サラダオイルと酢ほぼ同量、にんくにを好みだけ下ろし金で卸す。赤とんがらし三本位をみじんにたたく。塩、こしょうで味をつけ、よくかきまぜる。野菜を大皿に盛り、上からこのソースをかけるのだが、その上に罐詰のアンチョビ（しこいわしの塩漬け）を半分程、サラミを十枚程うすく切ったものを乗せるのが、このサラダをひどく美味いものにするこつである。食べる前によくまぜてお皿に取り分ける、これでおしまいである。野菜は約七十円、アンチョビが半分として七十五円、サラミ百円だから、二百五十円程で二人前たっぷりというわけである。お店で食べるちょうど半分の値段であるが、お店で食べればテーブルには花が香り、音楽もあり、白い上衣のボーイさんはお行儀がよくて、奥さんはまったく手をわずらわすことなく出来上がったサラダが目の前にスイと出てくるので、まあ高いのは「ふんいき代」とでもいおうか、これもなかなか捨てがたい気分である。松山は食い気の上に慾気まで出して、

材料までも家でまかなう気かサラダ菜の種を買ってきてせっせと庭にまいていたが、地味が悪いのか犬がふみしだいたのか、ついに芽は出なかった。

（『婦人公論』１９５８年2月号）

私の先生

34歳

私が映画界に入ったのは、五歳の時で、七歳から小学校へ上ったけれど子役の仕事は忙しくひき続いており、撮影のひまをみては学校へゆくという生活だったから学校の思い出というものはこれといって特にない。

当時、子供であり子役ではあるけれど、今思えば矢張り大人の中の子供であって、子役としての職業イシキらしきものすら承知であった。どんな子供であったか自分ではよく判らないが大人達はずいぶん可愛がってくれ、私は私で又我がままをするにもシンから大人にあいそをつかされないように計算しての上の我がままをするという、思えばイヤらしい子供であったと思う。

私の、ほんとにちびだった頃のアダ名は「チャン」といった。北海道生まれで家は大きな料亭で、ここでも家の者をはじめ出入りの芸者などにもチャン、チャン、と代る代る抱かれたりあやされたりして可愛がられたおぼえがある。秀子ちゃんが秀ちゃんになり、しまいにはただの「チャン」になったらしい。それが五歳で撮影所に入ってからは「ごて秀」という一ぱしの姉御《あねご》のようなアダ名に変った。

何故か自分でもうっすらと思い当るフシがないでもない、こんな事をおぼえている。いくら職業イシキがあっても五ツ六ツの子供の我まんの限度は知れている。撮影というものは撮影、照明、演技（その頃はまだサイレントであった）と全部上手《うま》くゆかなければいわゆる本番にはならない。それまでには何回となくテストが行われるのであるが、このテストが小さい私には我まんならないのである。三回、四回、とテストがくり返される内に私は少しずつごて始める。何といってごてたか忘れたが、まさかタンカは切りはしない、女の子だから多分メソメソとべそをかいてライトのかげから心配気に見守っている母の体にへばりついて誰がなだめてもすかしても、小さな指が白くなる程強情にしがみついていたらしい。こうなってはエサで釣るより仕方がないから演出助手はひるなら一っ走りして近所でメリーミルクの練乳のカンを買って来る。私は赤ン坊の頃からミルクで育ったのでいつもこのカンの両側にポツンポツンと小さい穴を二つ開け、そこからちゅうちゅう乳を吸っていた。ミルクのカンが与えられるとごて秀はやっと母のたもとをはなしてライトの前へ渋々と出てゆくのである。

その頃の撮影は組合などもなく、ほとんどが夜間撮影であったから、夜のごて秀には蒲田駅の売店のキャラメルの箱があてがわれた。店も売店も戸を閉め切った十二時すぎのごて秀には何が目当てだったろう、それは屋台のおでんやの、三角に切ったこんにゃくの串刺しであった。ミルクのカンを開け、キャラメルの紙をちらかし、最後のおでんを喰べてしまうともういくらごてても何も出ないのは判っているからセットの中で朝までクウクウイビキをかいて寝てしまう。仕方がないから眠っているまま写したシーンもあり、今でもそのスチールは残っている。

ざっとこんなふうであったから「ごて秀」のアダ名はいよいよ広まる一方であった。

ごて秀は子供時代を忘れて大人の中にいきなり放り込まれたので子供の生活も遊びも知らなかった。普通の子供のように父母に連れられて動物園へ行った事もなく、子供の友達もなかった。朝は鶯谷の家から蒲田への省線の中で朝日の上るのをながめ、帰りは又省線の中で母のひざにねむりこけていた。

その頃は私は男の子と女の子と両方やっていて、二本、三本のかけもちは当然の事だった。私の頭髪はオカッパになったり坊ちゃん刈りになったりしていつも床やの臭いがしていた。小学校へ入って一年坊主の記念写真に写っている私は、坊ちゃん刈りにスカートをつけ、職業イシキを発揮して一人だけニッコリ笑っているのが何かしら哀れでもある。

こんなふうにして私の小学校生活が始まったわけなのだが、何しろ撮影のひまを見つけては学校へかけつけ、たまに朝から落ちついて教室に坐っている時でも窓から助監督さんがヒョイと顔を出し、そんな時先生は一寸困った顔をしながら私にオイデオイデをして、助監督さんに渡す、とたんに私は助監督さんにおんぶされて撮影所へ急行するのだった。

そんな私を可哀そうに思われたのか先生は、よくロケーションに発つ時駅へ二、三冊の子供の本を持っては見送りに来て下さり、頭をなでて下すった。そのあたたかい大きな手を私は今でもおぼえている。男の先生で四角い顔のたしか指田《さしだ》先生といったと思う。

子役の生徒なので人気があったのか、それでも私は四年まで級長をした。算術は丙で、読方だけがいつも甲の級長だった。指田先生もこんなムチャな級長ではお困りだった事と思う。

五年からは、家の事情で大崎の学校へ移った。受持の先生は女の方で阿部先生といい、小柄でうりざね顔でひっつめに結っておられた。ここでも私は登校日数が少なく、めちゃめちゃな点数しか取れない、やくざな生徒だったが、先生は毎度の事ながら、教科書のどこを開いてよいのか判らず、キョロキョロあたりを見まわしている私に優しく、教えて下すった。今から三年前に、ラジオ東京の「ディス・イズ・マイライフ」の番組でとつぜん阿部先生が眼の前に現われた時は本当にびっくりし、なつかしさよりこの時の先生が目に浮かんで夢を見てるような気持がした。

大崎へは後大森のアパートから通学するようになり、同時に撮影所も大船に移ったのでここへも通わねばならず、その上ひどい貧乏の最中にいて、あたふたしている内にもはや卒業であった。式の時、講堂で「螢の光」を歌った時も、数える程しかゆかぬ学校にも、もう来られなくなるんだと思ったら、まわりの生徒は優しくオイオイ泣いているのに私の眼玉はかわき切って涙なんか一滴も出なかった。

さて、いよいよごて秀も女学校である。

その頃の女優は女学校出も少なく、母も私もこれからは女学校位出てなくては、と必死になった。仕事の方はP・C・L（今の東宝）に入社し、今度は撮影のひまを見て世田谷の成城からお茶の水の文化学院に通うことになった。

文化学院は当時しゃれた建物で、その頃にしては珍らしく制服もなく、男女共学であって、私たち一年生の受持は、川崎なつ女史であった。絵画は石井柏亭先生、和歌は戸川エマ先生等、ソウソウたる顔ぶれであった。

私はもう、キンキジャクヤクした。女学生ともなれば、ハト・マメほどちょろくないから、お姉さんらしくセーラー服にグリンのかばんを下げてせっせと通いつづけた。いや、通いつづけようと思ったのであるが、ここでも又もや同じこと、私は休み時間も、文化特有のランチを喰べる間も惜しく私の来なかった間に進んでしまった学科について勉強しなければならなかった。仕事の方も又この頃にはオチャッピイの役所《やくどころ》ばかりではなくなってきていろいろとむつかしくなり、ここでごてて見ても何のトクもないから頑張れる限り頑張ろうと決心したが、勉強の方はどんどんふくざつになってきて一年経ってもクラスメートの顔すら満足におぼえるひまもなく、ごて秀はようやくつかれてきた。もうしまいには気休めに本の上に眼をやっている状態になってきた或る日、（それまで母がたびたび川崎女史に会見を申込まれてはいたらしいが）ついに私は入ったこともない学校の応接間に招じ入れられて死刑の宣告を受けたのである。曰く、登校日数月半分以下では他の生徒へのしめしがつかぬこと、今のあなたの仕事振りでは学校との両立は不可能なこと、仕事を選ぶか、学校を選ぶかのどちらかの道をとる事、との強いお達しなのであった。

私は仰天《ぎょうてん》して母や知人に先生と会談してもらったがまるっきり勝目も折り目もなかった。私の方では学校を選びたくても仕事を止めたら学資も出ないのであるから元も子もありはしない、しょせん引下るより仕方がなかったのである。

クラスメートにサヨナラも言わず、二年余り親しんだ学校の門を私はすごすごと出た。チキショウ！　バカヤロ！　オボエテロ！　怒りが胸へつき上げてきてぐちゃぐちゃになった。仕事までがいやになった。

私は学校が好きなんだ！　私は何でもおぼえたい！　是非学校へゆかなければ困るのだ、自分のためにも仕事のためにも！　今更ながら口惜《くや》しくて、でもどうするすべもなかった。

あくる日から私の本棚に並んだ教科書は、まるで小判が木の葉になってしまったように空々しくただ口惜しい思い出ばかりがそれを見るにつけよみがえった。

しかし、思い出してめそめそしてばかりもいられない、日が経つと今度は私の胸に、何でえ、学校なんかアという闘志が湧いてきたのである。

すなわち、今日からは自分のまわりのものを始め、見るもの聞くもの皆が先生だと思うことに決めたのである。生きた教材はそこらにいくらだってある、私はいいもの悪いものを嗅《か》ぎ分けて片っ端からどんどん吸収してゆかなければならない、算術は出来なくても人の心を計ることは出来るようになる人になればいい、撮影をしていたってその材料に困りはしない、余る程もある。ごて秀返上、火車のお秀だ、などと久し振りに冗談を飛ばして母を笑わせたりした。

もちろん、私は今からでも学校へゆきたい。けれど、あの頃のんびりと勉強するより私は短かい間でも学生生活をこの身にしっかり感じ取ったつもりだし、うらんだり、口惜しがったり、怒ったりもしたけれど、それで何か一段ふみ切ったような気もして、却ってその方が良かったのではないかなどとちょっぴりうぬぼれてもみる今日此の頃である。

先生についてという文章のつもりが、まるで見当ちがいになったが私にはいま書いたとおり、先生についての思い出なんてゆとりのあるものはほとんど無いと同じである。

その代り私は、いまも身のまわり全部が先生という大変ぜいたくな学校に在学中である。こちらに怠け心の無い限り、この学校は惜しみなく教え、諌め、鍛えてくれ、そして有難い事には私が死ぬまで決して追校などしないのである。

（松田ふみ子編著『この先生たち』角川書店、1958年4月）

美しく軽やかなネグリジェを

36歳

セックス過剰時代

ネグリジェという活字が、モード雑誌や週刊誌の、いわゆるマスコミのベルト・コンベアに乗り出したのは二、三年も前だったろうか。この西洋ねまきとでもいうべきものの出現は、洋服のファッション・ショウの何々シルエットやら何とかラインに、早くも秋風を吹かせ始めていた移り気な女性の心理の盲点をついた、という意味ではたしかに成功であったようである。

元来、あまりふところの豊かでない日本女性にとって、モナカでいえば皮にのみ重きをおくことにせい一杯で、下着やまして人に見せないねまき等にまで手の出ないのは当然であった。最近、いくら女性の経済的地位が高まって来てそれに比例して財布も徐々にふくらんで来たとはいえ、ねまきのお洒落にまでお金をかけるというにはちょっとゼイタクな気もしないではない。では一体、何がねまきをこうまで公衆の面前でヒラヒラと幅をきかせるようになったのか、といえばここでも戦後の風潮の一つであるセックスに関する記事の過剰による波紋があるといえるのではないだろうか。雑誌、映画、テレビ、ラジオ、その他どちらを向いてもむき出しのセックス、セックスで、日本国中は色気違いになったのかという感じのするほどにセックスは取りとめもなく目をむいて氾濫し、それらの言葉を臆面もなく口に出すことが、またドライな（日本ではひじょうにいい加減な意味に使われている言葉だが）男女たちであるようにさえ思われてきたほどである。恥も外聞もなく何んでも彼《か》でも人前にさらけ出す、こういう風潮はいくら過渡期であるとはいえ好ましいものではなく、世の母親たちが教育上わが子に目かくしをしたくなるのも無理はない。

男女といえばセックス、セックスといえばベッド、ベッドといえば女、その女といえば今や友禅の夜具に長襦袢というより、ベッドとくればなまめかしく透き通るネグリジェでなくてはということになるのだろう。それより、ねまきといえばセックスという、味もそっけもないような結びつかせ方のせっかちさと品のなさには、腹が立つより滑稽にさえなって来て、とても私のような古い女（？）にはついてゆけないのである。それらの記事を面白おかしく、または真面目くさって書き散らかしたのは誰か、といえば断じて男性の方が多いだろう。まことに男性は、などということを私は今ここで書き出す気は毛頭ないから閑話休題ということにして――。

その出発点はともかくとして、この頃のネグリジェばやりはとにかくたいへんな勢いのようである。たとえば女学校の修学旅行にもネグリジェを持って行かないのは恥であるように、夜ともなれば宿屋でネグリジェを着て勢揃いをし、おしゃべりに花を咲かせるのが一つの楽しみにさえなっているようだし、病院の廊下でも患者の散歩道でも、ネグリジェの裾をヒラヒラと風にひらめかせている患者の姿は珍しいものではない。

昔はねまきといえば、よそいきの着物がほどよくねれてクタクタになったのにガーゼを重ねて着てみたり、ネルの単衣や浴衣を着てねるのが当り前で、芸者やプロならいざ知らず、日本には特別にねまき用という衣類はなかったようである。どうせ寝ちまうんだから風邪を引かない程度の物を身にまとっておけば、というところが一般のねまき説だったのではないだろうか。しかし、着物仕立の物は実際に着てみて寝易いとは義理にもいえないものである。とくにこの頃の若い女性は体格も良く、したがってお寝相も活潑で、朝になると衿ははだけて裾はまくれ上がり、袖はねじれて胸をしめつけ、あげくは恐い夢さえ見る始末である。せっぱつまって、上下のパジャマの上だけを着てみたり、スリップのまま寝てみたり、男性のいうところのセックスとはまったく無関係に何とかラクに眠りたいものだという女性一般の人知れぬ思いのところへ、西洋ねまきなるものがヒョイと現われたというのが本当のところではないのだろうか。

女性の夢を満たすネグリジェ

この頃デパートのウインドウをのぞいても、実に美しいかろやかなネグリジェが華やかに並んで、例外なく女性の人気を集めている。しかし、ただ着やすく寝やすいというばかりで、布地はお粗末、ダンブクロのようなブザマなデザインであったなら、こうまで女性の食欲をそそらないのだろうが、洋服なるものがこのようにまで普及しても、日本では布地やデザインの美しさやゼイタクさという点では、たかだかカクテル・ドレスが最高で、西洋のようにレースや薄物のイブニング・ドレスなどを作ってみても、第一着ていく場所もなく、そうかといってあんな長いものを引きずって狭い家の中をねり歩いてみても、裾にドビンでも引っかけて転がすくらいが関の山、全く無縁の長物である。しかし、裾の長いウェディング・ドレスが、花嫁になるという以前に女性の憧れの的であるように、美しいきれいな裾の長い着物を一度は着てみたいのはつねに女性の夢でもある。レースや、美しい色の、やわらかい布地でわが身をつつんでみたい、そんな自分を鏡の中に楽しみたい、という女性の心理がヒョンなところからネグリジェというういじらしいものに花咲いたという感じである。スカート一枚、ブラウス一枚倹約して買うには、恰好のお値段でもあり、だれにも出来るお小遣いの道

高峰秀子デザインのネグリジェ

①②③……花嫁のためのアンサンブル

④⑤………化粧着のアンサンブル

①

⑤ ④ ③ ②

筆　者　画

楽にはもってこいだし、生活上の必要品でもあり、女性にとってはまさに一石二鳥というところである。

そういう私も、日本着のねまきは苦手で、十歳頃から男の子用のパジャマを着て寝ていたものだった。しかしズボンがおしりにはさまるような気がしてどうも感じが良くない。十六歳の時、何かの用事で神戸へ行った時に元町のウインドウに真赤な絹のサテンで、胸に丸い竜の刺繍のついた中国風の素敵に美しいパジャマを見つけ、矢もたてもたまらずありったけのお小遣いをはたいてそれを買って来た。ズボンはフワフワと軽くて太く、実に着易い。夜になると嬉々としてそれを着てはしゃぎ廻り夢まで楽しくなるほどであった。

デカンショ　デカンショで

　半歳ゃ暮らす　ヨイヨイ

後の半歳ゃ　寝て暮らす

　ヨーイ　ヨーイ　デッカンショ

こんな唄があったが、実際のところ人生の半分は寝て暮らすのである。

小さい頃から映画の仕事をしていた私は、子供ながら外へ出ては神経をすり減らして帰って来た、寝る時だけが自分の世界である。それならばせめて寝る時ぐらいは人に知れない楽しみを味わい、自分一人のゼイタクをしてみたい、この古い唄と、赤いパジャマが、私の、ねまきにゼイタクをするきっかけを作ったといっていいのかも知れない。昼は十年一日スカートにブラウスでも、ねまきは自分であれこれデザインし、胸や裾にひだをつけて、ピンクやブルーのデシンやサテンで洋服屋さんに作ってもらった。ある時はタンスの引き出しの中のきれいなねまきを取り出して眺めたり、あれこれと取りかえて着る楽しみは私にとって何よりのものだった。

機会があって外国へ三度旅行したが、やっぱり目につくものは美しいネグリジェばかりで、実用、観賞用、取りまぜてしこたま買いもとめて来ては楽しんだ。近頃は東京にもいろいろなネグリジェが出廻ったので、わざわざ作らなくても造作なく手に入るようになったのは本当に有難い。しかし、何点か買って来て着てみると、どこかギコチなく着にくかったり、デコレーションが多すぎて寝る時邪魔になったりして困ることが多い。それを直しては着ることにしていたのだが、そこへ、あるメーカーがデザイン・アドヴァイザアをやってみないかという話を持って来た。ネグリジェにはもともと興味を持っている方だし、美しいレースや布地に囲まれての仕事は大いに楽しみである。これが洋服となると特別の勉強もしなくてはならず、また専門家も多勢おいでのことだし、とても時間のない私が片手間に出来る仕事ではないのだが、ネグリジェならちょっと気楽に出来るのではないかと思ってお引受けしてみた。やってみる以上デザインも一つ二つ画いてみたくなって、自分のほしいと思うようなものをひねくりまわしてみたのが、七三頁の絵である。材料のサンプルを見ながらデザインを画くだけなので、はたしてどんなものがこれから出来上がっていくか、皆目見当もつかないが、皆さんの意見を聞いたりだんだんに勉強もして行って、着易く、そして値段の安い、楽しいねまきを一つでも作ってみたい。私の作ったネグリジェを日本のどこかの女の人が着て、楽しい夜を迎えてくれる、そんなことを考えると、何だかお友達がふえるような浮き浮きとした気分になって来て、まんざらでもありません、というのが今の私の心境である。

ますます複雑になってゆく今の日本、真の楽しみも憩いもない日本の夜だけでも、美しく軽やかなネグリジェにつつまれて、女の人の心だけはいつも優しく、平和であるように――そうした私の願いが、少しでもデザインの上に出てくれれば、と少々大それた意気込みを持っている次第である。

（『婦人公論』1960年8月号）

梅ゴジ

38歳

私のように、一年中こせこせと仕事をしていると、みどりの山や広い空がたまらなく懐しくなる時がある。しかし、東京には本物の山や広い空はない。梅原先生は人間だけれど、私にとってはその山や空に代る存在である。時おり、先生のお宅へ伺って、先生のあまり面白くない冗談をおさかなにご馳走を頂く気分は最高である。

私の家では（といっても松山と二人だが）「我々の到底及ばぬ巨大なる偉人」に対しては「先生」の代りに「ゴジラ」の敬称をつけることにしている。梅原先生は「梅ゴジ」である。何時《いつ》か、先生の作品のモデルになったとき、私をにらむその眼光の鋭さは、到底ゴジラも及ばぬ恐しさであった。梅ゴジが、ビールにオールドパアをダブダブついで、グビグビ呑みながら、ちびという名の（牛位もあるグレートデン）愛犬とたわむれて、ひっくり返り、庭石に頭をぶつけてのびた話や、渡欧のたびに、カンヌのホテルの同じ窓から同じ風景を画く、というような話をしている時、私たちは、その大らかな、豊かな雰囲気の中でヌクヌクと心をあたためることに余念がない。
現在、カンヌに居られる梅ゴジから、最近「天気の良い日に画筆を握ると、おそまきながら進歩のあるような気がして……」という青年のような情熱のあふれたお便りを頂いて、頭をガン！　とやられたような感動をおぼえた。私たちは、梅ゴジの半分ほどの年なのに、いつも梅ゴジの「若い心」に圧倒される。そして、そのたびに少しあわてて、大きな山や空に向かって胸を張る気持になるのである。

（『日本近代絵画全集13　梅原龍三郎』月報、講談社、1962年）

信頼と作法　アクションは口ほどにものをいう

38歳

生活とアクション

戦後は個人主義の時代であるといわれています。昔にくらべれば個人の権利が、かなり尊重されるようになりました。しかし、社会生活を営むかぎり、人間関係はやはり大切です。個人主義が徹底すればするほど、他人との接触〈人間関係〉が重要になってきます。

そして人間関係をスムーズに運ぶ手段として、作法というものが大事にされるのでしょう。「折目の正しい人」とか「礼儀正しい人」という言葉が、かつて信頼できる人という代名詞のように使われてきたのも、社会生活を営むうえで、人間関係をより大切にするということで、そのようにいわれてきたのでしょう。

本来エチケットあるいは作法というものが、人間関係の潤滑油であるということは、示されるその作法に、その人の心情や意志が表現されているからでしょう。

そして、時代や生活様式の変化にともなって、作法そのものも変化してくるのではないでしょうか。生活様式や生活思想というものは、日々に新しくなり発展します。作法も、その時代の生活習慣や生活様式に対応して、もっとも合理的なアクションを形づくるものだと思います。

かつて「しきたり」というものを重んじたころは、「行儀作法」とか「礼儀作法」という、すでにある種の形に決められたものを、強制されたものです。そして、それを「しつけ」と呼んでいた時代とくらべて、近ごろの若いものは……という言葉が、若い人たちの無軌道ぶりを批難する言葉としてよくつかわれます。そしてその中には「礼儀作法も心得てない」という批判も多分にふくまれているようです。

ここで取りあげる「信頼と作法」は自分の心理や気持を相手に伝えるのに、最低これだけは心得ていた方が、社会生活をより豊かにするのではないかという提案をもかねて、のべてみたいと思います。

なによりも作法というものは、固定された型ではなく、自分の個性を生かしたアクションをその時、その場所に応じて展開できるもの、それが現代の作法であろうと考えるからです。

B・G（ビジネス・ガール）という言葉が一般化されたように、戦後女性の職場への進出はめざましいものがあります。それにともなって女性の社会的地位も向上してきたようです。

しかし、また一方で責任も要求されるようになったのは、当然のことでしょう。お茶くみだけをしていればよかった時代は終ったようです。女性も責任をもって仕事をするようになると、事務的にもテキパキとかたづけうる能力を要求されます。責任と義務の考え方が、きびしく要求されるのはあたりまえなことです。

あいまいなアクション

職場で信頼される人であるためには、どんな小さな仕事でも安心してまかせることができるか、どうかであると思います。依頼されたことを、確認したときは確認しましたということを充分相手に伝える必要があります。また承諾できないときは、できないということを伝える必要があります。中途半端なあいまいな態度が、信頼されなくなる最も大きな原因になるのではないでしょうか。

自分の意志を相手に心よく理解させ納得させる方法、そのアクションには当然、責任と誠実さがうらづけられてはじめて、立派な作法となりうるのです。

こんな例があります。

あるホテルで人と待ち合わせをしているときのことです。十時発のエール・フランス機に連絡するリムジンがでてから二、三分後に、一人の外人があたふたとかけこんできました。

リムジンがでる時刻を、その外人のところには、しらせがなかったためにおくれたようでした。わたくしも経験あることですが、外国では地理にふなれなため、ホテルから駅まで何分かかるのか、非常に不安なものです。その外人も気の毒なほどあわてていました。こういう場合、それを受けたフロントの人は「羽田まで何分かかりますから間に合うでしょう」とか、「すぐ車をお呼びしましょうか」といってあげなければいけない。

しかし、そのフロントの女の人は、その外人のあわてぶりがおかしかったのか、ニヤニヤしているだけでした。そこにドアー・ボーイがふらりとやってきて、お互いに日本語で「この人いま遅れてきたんだけど間に合うわね」「ウム、間に合うだろ」などと話しているのです。その間が一分か二分の間ですが、その外人にしてみると、あわてているものですから、大変不快なようでした。

これはあるホテルの従業員の職業意識のあいまいさからきた一つの例ですが、これに似た例はいくらでもあげることができるでしょう。

社交と作法

たとえば、事務的な面接の場合などで、たのみごとをするときなど、本筋に入る前がながすぎることがしばしばあります。

まず要件にはいるまえに、お天気の話からはじまって、子供のことや、家庭のことなどを話しあってから「実はこういう用事で、こういうことを頼みたい」という場合がよくあります。それが社交辞令というのかもしれませんが、生活習慣になってしまうと、考えなければならない問題がでてくるようです。

「つきあいがよい」とか「つきあいがわるい」ということばがありますが、日本人がこのことばを使うときは、生活の貧しさを改善するのではなく、貧しさを合理化してしまう危険性を多分にふくんでいるように思えます。

このような社交術は、生活習慣に根をおろしているため、容易に変えることはできないようです。

訪問していきなり用件を切りだしては、失礼だとか、味気ない、とかいう他人に対する思わくが、かえって結果的には他人の時間をさまたげ、不快にすることになります。外国では、まず用件をすませてから時間の余裕のあるかぎり、世間話などをして共通の話題を楽しんでいます。

テンポの速い現代という時代には、もっとビジネスはビジネスで通せるように、またそれで充分にお互いが用事を達せられるようにならなければいけないと思います。

例えば旅行などにいって、旅館やホテルを利用するときにしても、旅先であれば誰でも自分のスケジュールがあると考えられます。たとえば、何時にご飯をたべて、つぎに散歩にでかけ、かえってからお風呂にはいりたいなどという、自分なりのスケジュールがあると思います。そのスケジュールを女中さんに知らせないで、そうしてくれるだろうと期待することが多いものです。日本式サービスの典型的な例ですが、そこでもし女中さんが、それを察することができなかったときは、「あの女中さん気がきかないわネ」ということになりかねません。はたして、女中さんは、そこまで気を廻す必要があるのでしょうか。それは一方的な期待であって、女中さんは、それは義務でないと考えてよいでしょう。外国の場合は、用事があればベルを押すと従業員が来ることになっています。それ以外は絶対にボーイとかメイドとか掃除婦はお客に顔をみせないようにしています。それでも十分あるいは十五分でも外出してかえってくると、もう室がきれいになっています。部屋をでるときにベッドの上に五十セントなり、一ドルなりをチップとしておいておくとちゃんとなくなっているのです。このように、ビジネスに徹しているわけです。

日本の場合は、必要以上のものを、あるいは職業としての役割以上のものを期待しすぎるようなことが、たまたまあるようです。風呂場で背中を流してもらうより、新しい石けんとタオルがほしいし、食事の膳の前でおしゃべりをしてもらうより、清ケツな箸と熱いおつゆをまず心がけてほしいと思います。

ビジネスとして守られるべき線は、決めておく必要があるのではないでしょうか。乏しい虚栄心がさせるのかもしれませんが、職業の差別を社会生活の中でつけるということは、全くよいものではありません。

パリでは、カフェの給仕長などはカフェの中で仕事をしているときは、客に対して非常にサービスして、あいそうよくもてなしますが、いったん自分の持ち時間が過ぎて洋服をきかえて外に出れば、自分も紳士になって、対等にお客とつきあい、お互いに友だち口調で家庭のこと、子供のことを話しあうのです。その時は、職業意識から全くはなれて、一個人となり、ただの人間と人間のつきあいであるわけです。ビジネスと自分の生活をはっきり割り切っているわけです。仕事から解放されてからも、「あいつは女中だ」とか「あいつは道路工夫だ」とか「彼は社長だ」などと、肩書がものをいうのは、日本の社会生活がまだまだ本物でないことの証拠だと思います。

職場内で、同僚とか上役との作法はどうでしょうか。上役に叱られたときとか、異性の同僚との交際など、あいまいなアクションをつかって誤解されたことはないでしょうか。新入社員などは、仕事と関係ないことでたのまれることがよくあるものですが、ここでもビジネスとそうでないものの区別をつけるよう努力すべきではないでしょうか。

たとえば「タバコを買ってきてくれ」とかお茶くみなどを、本来の仕事よりも大事にする傾向があり、それが女性の美徳とされてきました。ビジネス以外の仕事をたのまれたときは、他に仕事があれば、はっきりことわることはかまわないと思いますが、そうでないときは心よくやることです。いやいやながらやって、あとで悪口をきいてみても何にもなりません。

また、叱られたときも自分がまちがっていたら、すなおにあやまること。自分が正しいと思う場合は、一応先方の言い方を全部きいてから自分の考えをあきらかにして、両方の納得ゆくまで話し合うのがいいと思います。

小さなことでもあいまいにしていると、何時《いつ》の間にか主体性のない人間になってしまいます。その限度は個々の知恵によるより方法はありません。女性のやさしさや、うるおいを生かしたアクションを示す場合も、示す自分の気持が(あるいは態度が)、しっかりしていることが先決です。

あいまいなアクションは日常生活のなかでよくみられますし、それが誤解の種になっている場合がよくあります。

招待のエチケット

異性の友人が家庭なり、下宿なりに訪ずれたとき、その応待なり招待のエチケットは、誰もが心得ているつもりで、案外知らないものです。西洋の場合、異性の室を訪ずれた場合、訪ずれた方が、ドアを細目にあけておくのは常識になっています。日本の場合は、木造作りで、障子の場合不都合が生じるかもしれません。そこで自然坐る位置が問題になります。部屋に招いた方も招かれた方も、自然にお互いの座を決める方法が一ばんいいと思います。ただ、その動作にあくまで自然さをかかないこと、これはお互いの演技によって決まることでしょう。

さて、お客を接待するときの作法にも、時代と生活様式の変化によって、かなり変化があるのではないでしょうか。たとえば、襖をあけるのに、三つ指ついてあけるなどというアクションは、その時、その場所によって生きるものです。スラックスをはいた人が三つ指ついても、あまり似合うとは思わないし、着物をきている人が足を組めばみっともないものです。純日本式の家屋ならともかく、生活全体が合理化され、簡潔化されてきており、どうしてもそれにともなったアクションが必要になります。襖や障子を足であけるのは困りますが、両手にものを持ち、どうしてもそうしなければならぬときは、「ちょっとあけていただけませんか?」とお客様の手を借りてもかまわないと思います。そして、「ごめんなさい」とか、「失礼!」というような言葉やアクションで補うことです。西洋では、ドアを背で押して入ります。

では、お客を招待したときは、どうでしょう。一般に日本の家庭では、奥さんが台所にひっ込んだまま、料理などに専念する場合が多いのですが、なるべく顔をだして、接待するのがよいのではないでしょうか。むかしから、「お許しがでたから、お前もこいよ」など、客人をもてなすときに、主人が奥さんに声をかけますが、これは男性側が反省すべきことでしょう。ただ、重要な仕事の打ち合せなどをはじめたら、気をきかして場をはなれる機転が必要でしょう。

そっと、何気なく場をはずす機転が身につけば、日本の家庭もご主人の社交場としてずいぶん利用されるようになるでしょう。

また、客と主人が会話中に、主人にしらせたいことがある場合、口を寄せてささやくことはお客にとって気持のよいものではありません。座をちょっと失礼して、外で話をするべきでしょう。

さて、招待するときの外国と日本のマナーの大きな違いはどこでしょうか。

(1)日本では、客にはてんやものをとったり、料理屋などに呼ぶことが多いようです。

(2)外国の場合は、家に招待して、奥さんの手料理でもてなすのが、最大のもてなしになっています。

(3)そして家庭に招待したからには、家庭の紹介はもちろん奥さんもいっしょになってサーヴィスするのがあたりまえです。家が貧しいとか、道具が揃ってないからという理由で、家庭に招待することをはずかしがらず、よせあつめでも、それなりに心をこめてご馳走をつくるのが、やはり最大のもてなしではないでしょうか。新鮮な花一輪、あついおしぼり一本、美味しい番茶一杯、ごちそうがなくても、ゆったりとした家庭の雰囲気だけでも大きなもてなしになります。

では、訪問した方の場合はどうでしょう。ごちそうもすんで話に調子もでて、いくら居心地がよくても、帰るしおどきというものがあり、それを見計らうのは訪問者のいちばんむずかしいところだと思います。お酒がすぎたり、いつまでもぶらぶらと坐っているのは困ります。目だたぬように、時計を気にすることが必要です。

仕事の用で訪問した場合は、なるべく早く退くことです。

微笑と作法

さて最後に東洋的ポーカーフェースなる微笑についてですが、外国人が日本にきて、まず惑うのは日本の女性のスマイルだとされています。いわゆる微笑の意味をさぐろうとすると、つい困惑してしまうのでしょう。

これなどは〝あいまいさ〟からきたもっとも典型的なアクションだと考えてよいのではないでしょうか。外国では、じっと顔をみて、ニッコリ笑ったら、ホテルにいっしょにいってもかまわないということです。だから外国人が日本にくれば、どこをふり向いても女性の笑顔だらけであわてるのは当然のことです。

日本の女性のスマイルは、芥川の小説『手巾』に現われるように「心で泣いても顔には微笑を忘れない」それが美徳とされていた時代も昔はありました。

かつて、ある年齢に達した女性の憧れは、奉公にでるということでした。「氏なくして玉の輿にのる」という言葉がありますが、それは奉公にでて、世にみとめられるということでした。そこに女性の保身術、あるいは出世術として、〝愛きょうがよい〟ということを示すために、微笑というアクションが生れたのではないでしょうか。

娘時代は、カラカラとよく笑ったのが、ある年齢に達すると微笑になり、そして結婚すると笑いを忘れ、姑になるとゲラゲラ笑いだした、という女の笑いの歴史の中に、あいまいな笑いのかなしい原因をみることができるのではないでしょうか。

これまでいろいろとのべてきましたが、信頼されるということは、あいまいさをなくすことだということにつきるようです。

最近の若い人たちにきびきびしたアクションのなかに、新しい作法をうみだすエネルギーを感じるのです。

しかし、信頼されるということは、その時、その場所に対応したアクションに、義務と責任をうらづける誠意が必要だということ。これは昔も今も変りはありません。

一言でいえばその人の教養がすべてのアクションにでてくるということでもあります。見よう見まねの時代ではなく、今からは内側の教養とあふれる個性が、その裏づけにならなければならぬところへきているのでしょう。

（安藤鶴夫編著『アクション――現代の作法』婦人画報社、１９６２年10月）

パリジェンヌの毛皮

一に宝石二に毛皮

パリは私たちが着く前の日まで、小雪がちらつき道は凍って零下一七度の寒さだったという。しかし、この二、三日は急に気温が上がってうっすらと陽がさしはじめ、家の中に閉じこもっていた人たちは待ちかねたように外に飛び出して、みるみる街にあふれ出た。女の人の大半は厚い毛皮にくるまり、五人のうち半分はブーツをはいている。

外国の女性の夢は、一に宝石、二に毛皮と相場が決まっているが、この寒さの中ではわが身に美しい宝石を飾る喜びより先に、こごえ死ぬ用心をしなければならないのだろう。毛皮のコートは一見ぜいたくに見えるけれど、冬のパリでは絶対の必需品なのである。

街のショー・ウインドーには早くも春の色が並びはじめて、冬ものの安売りが始まっているが、毛皮屋だけはわれ関せずとばかりに、多種多様な毛皮を流れるがごとくに飾り立ててのさばっている。夏でも夜はコートの必要なパリでは、毛皮を冷蔵庫にあずける間もなく、毛皮屋にシーズン・オフがない。そのまた種類の豊富なことといったら、最高級のチンチラ、セーブルをはじめとして、アストラカン、シール、アザラシ、ヒョウ、ミンク、モグラ、ウサギにキツネにタヌキ、リスにテンと、ないのは象の皮くらいなもので、まるで動物園へ行ったようにバラエティに富んでいる。その値段も全くピンからキリまでで、おしゃれ横丁のフォーブール・サントノレにあるランバンには、三十万のモグラから一千万円のミンクまでがズラリと並んでいる。

一枚のコートに何十万円、何百万円を費やすのはアホらしい気がするけれど、よい毛皮をはりこんでおけばそれこそ半永久的で、中身は半袖のワンピース一枚で事足りるのである。なぜなら、パリのどんな小さなアパートでも家でも、カフェやレストランでも充分な暖房がゆきとどいていて、外から一歩内へはいればいつも春のように暖かく、厚いセーターや下着を着込んでいると汗だらけになって風邪をひくくらいがオチである。

したがって中の温度に合わせた服は一着あればよいのだが、あとは外の温度に合わせての調節、つまり外側を固めるほうがけんめいなやり方ということになって、まことに合理的である。とはいうものの、高価なチンチラやセーブルはやはり一部のお金持のものらしく、街をゆく毛皮の大半は、せいぜいアストラカンや安いミンク、その他はウールの裏にウサギやリスを張ったものが多い。女学生は皮のコートに毛糸の首巻きをクルリと巻いて、これもブーツでさっそうと歩いている。それもかなわぬ人たちは、コートの衿だけに大きなキツネやテンをつけて、寒さをしのいでいる。衿用の毛皮も多種多様で、デパートにでもどこにでも売っている。人造毛皮も一尺いくらで売っている。

雨雨ふれふれ母さんが……

人造毛皮といえば、私が三年前に来たときも、あまりの寒さに耐えかねて、とうとう四十余万円を投じ、借金までしてアザラシのコートを買った。それはグレーと銀の絹針を集めたような美しいコートであった。

トクトクとしてそれを着て、写真を撮って日本へ送ったら、それがある女性週刊誌に出て、その注釈なるものが「できのよい人造毛皮でしょう……云々」とあったのにはギャフンときて、「知らないことは知らないというもんだ……」とフンゲキしたことがあった。

日本では見ることもないアザラシであるけれど、合成毛皮とはあんまりである。とにかくそのコートはずっしりと暖かすぎて、日本へ帰って着たらムレてナットウになりそうだったのでさっさと売ってしまったが。そこで借金もいや、人造毛皮とまちがえられるのもいや、というのでこのたびは〝防寒〟実用本位でゆくことに決めて、うすいウール布地の裏に毛皮を張ったコートを買うことにした。

女物デパートのコート売場には、いろいろな色の出来合いのコートがずらりとぶらさがり、別に裏につける毛皮ばかりが、またずらりとぶらさがっていた。ブロンドで黒ずくめの売子はすすめじょうずで、どれもこれも彼女に言わせれば「トレジョリイ、トレジョリイ」（美しい、美しい）である。私はグレーのウールの裏に白い毛皮にグレーのポツポツのある裏をつけることに決め、「この毛皮は何物であるか?」ときいた。彼女はすまして「プチ・グリ」と答えた。

何だかわからないままに金四万円を払って、ホテルへ帰り、字引を引いたら、プチグリとは〝ねずみ色の小動物、つまりリス〟とあった。

しかし私にはどう考えてもこれはモルモットにしか思えない。コートの裏と自分のからだの間に何十匹かのモルモットがブラさがっていることは少々気味が悪いが、寒いからがまんして着ることにした。

さて、そのコートの形はいたって地味なありきたりのデザインなので、これを着て長靴をはいた私の姿は、残念ながらシックとはほど遠く「雨雨ふれふれ母さんが……」の歌が似合いそうな小学生にしか見えない。

日本では長靴といえば、魚屋のおじさんか小学生が思い浮かぶけれど、パリの街には、なかなかオツなブーツが闊歩している。

まずゴム長は見当たらず、ほとんどが柔らかい皮製で、足首までのもの、ひざ下までのもの、と寸法はいろいろである。内側は皮張りかウール、羊のもしゃもしゃの毛が張ってあるものとさまざまで、おしゃれさんのためにはスエードでハイヒール、横がボタン止めになっていたりアザラシの毛があしらってあったりして、これも多様である。値段も何千円から何万円と幅が広い。

夢みることより先に

しゃれたものでは世界一と折紙つきのパリは、値段も世界一に高い。良い物屋の店の前でつい見とれて立ちどまり、値段表を見たとたんにポンと目が飛び出す、という仕掛けになっている。季節柄、毛皮屋の前に立ってペチャペチャとおしゃべりをしている女の人が多いけれど、どの顔にも楽しさを通り越して、「買わなければならぬ」という悲痛な表情がある。

市場のおばさんが野生のタヌキをオンブしたようなコートを着て品物をさばいていたり、一見して犬とわかるような半コートにネッカチーフをかぶって花を売っている女の人を見ると、つくづく毛皮なしでは越せないパリの寒さを感じて身のすくむ思いがする。猫は日本ならさしずめ三味線の皮となって男性を楽しませるのだろうが、ここでは何枚かがはぎ合わさ

筆 者 画

れて女の人の身を守る。

先だって聞いたシャンソンに、「僕は一人でさびしい、僕はたった一人、カフェでとなりの席にいた彼女は美人だった。そのとなりにヒゲを生やした男がいた。彼女は美しい毛皮のコートを着ていた……ああ、僕はたった一人……」という歌があった。

「男は女に毛皮を買わなければならぬけど僕は一人だから、ああよかった」という意味だろう、お客がワアワア笑っていた。シャンソンになるほど、毛皮は冬のパリとは切っても切れぬものなのだろう。

日本でもこの冬は毛皮がはやっているらしく、私も出発前に街でちらほら見かけた。けれど、日本の場合は〝防寒〟というよりあくまでぜいたくなアクセサリーにとどまっているのだろう。若い人がコートの衿にちょいと毛皮をつけているのはかわいいし、ミセスがスーツにミンクのストールをひっかけているのも小イキである。しかし日本では毛皮の長いコートが使えるのは一年の間わずかに二か月くらいのもので、あとは冷蔵庫に眠っている時間のほうが長い。車から車への生活のできる人より、本当は外の寒風の中で働く人のためにこそ毛皮は必要なのである。そんなことは、毛皮の着方の初歩なのだろうけど、私はこの寒さの中で目のあたりにそれを見るまでは気がつかなかった。

日本では、つやつやと美しい毛皮を夢見ることより先にしなければならないことがある。

ミセスなるもの、まずわが家の暖房にもう一つ力を入れること、こたつ暖房からきりぬけて、家じゅうどこへ行っても薄いセーター一枚で活動できる暖かい家を作ってから外のための毛皮を考えなければならない。毛皮のコートの高さを思えば家族一同が冬の間を暖かく過ごせるほうが経済的にも精神的にも八方円満、ミセスの株もぐっと上がること受け合いである。

（『ミセス』１９６３年４月号）

あちらの国の住まい　わたしのカメラ紀行

私はつね日ごろ、自分の住む人間社会の繁雑さにうんざりしている。そのくせ、なにが好きかときかれると、やはり「人間」と答えてしまう。だから旅行をしても、自然の風景よりもっぱら人間の息のかかったもの、人間くさいものにひかれるらしい。海外旅行に出るときは、私も人並みにカメラをぶらさげていくが、大自然の風景はもっぱら絵ハガキでまにあわせる。レンズを向けるのはいつも人間の作った風景であり、それを作る〈人間〉そのものである。

過去何回かの外国旅行で、私は各国の住宅の写真をとった。はじめは自分の家を建てる参考にしようと思っていたのだが、いろいろ変わった家をさがして、とっているうちに、一軒一軒の家に住む人間をあれこれ想像しだして、おもしろくなってきた。結局、私はここでも家を通して、なかの人間に興味をもっていた、ということになるらしい。

いちばんたくさん写真をとったのは、ロサンゼルスの住宅街にある家々である。うらうら

39歳

とした天気にカメラをさげて、散歩がてらに写真をとり、ぽかんと立って家にみとれていると、なかから出てくるアメリカ人が、まったくその家にぴったりした感じだった。服装までがその家に似合うスタイルで出てきたのを見て「なるほどね」と感心したことがあった。

外国人はまったく自分の家を楽しむ。そして大切にする。ということは、生活をエンジョイすることにほかならない。庭付きの一戸建てはもちろんのこと、ちょっとしたアパート住まいでも、玄関を一歩はいれば、家具、調度、壁紙、すべてがその家の個性を現わしている。

「月賦に明け、月賦に暮れる。まるで月賦を払うために生まれてきたようなものだ」

と、文句を言いながらも、彼らは電気冷蔵庫や自動車やテレビなどの家財道具を、家のなかに運びこみ、住みよい自分の城をきずくことに夢中である。もちろん、家そのものも月賦である。私の友人はワシントンに小さな家を二十五年月賦で買った。まだ小さな長男を指さして、

「この子の代には払い終えるでしょう」

と、のんきな顔をして笑っている。

ロサンゼルスでは、中流程度のサラリーマンの家ばかりをとった。奥さんの意見が強いのか、旦那さんに稚気があるのか、りっぱというより、おとぎの家のように、かわいい家が多い。玄関や窓のまわりに、それぞれ工夫した装飾をしてあるのが楽しい。

ロサンゼルスの借家はたいてい二軒長屋式が多い。写真の二軒長屋式の住宅は半分ずつまったく違う色に塗り分けられていて、なかの人間の個性が躍如としていておもしろい。大家族の住宅では、三角にとがった屋根裏を子ども部屋や工作部屋に利用しているものが多い。なかなか合理的である。

パリでうらやましかったのは、街灯、門灯である。むかしのガス灯をそのまま用いて今は照明だけを蛍光灯にしてあるものがある。そのほか芸術的なものや凝ったものが数かぎりなくあって、一本一本見て歩いてもけっこう楽しい。東京へ帰ってわが家の門灯にするためにパリの門灯のまねをして、ごくかんたんなデザインのを注文したら「二十万かかります」と言われびっくり仰天、しぶしぶあきらめた。

りっぱな銀行やビルディングばかりニョキニョキ建っても、依然として日本の住宅難は解決しない。人づくりだの国づくりだの騒ぐ前に、まず人間が人間らしく住める家を先に作ってほしいものである。屋根と床さえあれば人は住めるかもしれないが、この写真のように、人間の愛情のかよった楽しい家に、早くみんなが住めるようになりたいものである。

(『太陽』1963年7月創刊号)

街灯のひとつひとつにも、ふるい歴史が生きている（パリ）

建設中の近代アパート。だが町外れには鳥の巣のような住居も（香港）

ゆったりととった芝生と階段とが美しい家（ロサンゼルス）

個性的に、好みの色に塗りわけた二軒長屋（ロサンゼルス）

つよい南国の日ざしと、濃い緑を背景にした家（セイロン）

植込みまでカッチリとシンメトリにした家（ロサンゼルス）

緑の屋根が青空に映えている清潔な住まい（ロサンゼルス）

まるでおとぎ話の家のようなかわいらしさ（ロサンゼルス）

プレゼント

日本人ほど、むやみと人に物を呉れたがる国民はないと思う。

手みやげ、お歳暮、お中元、結婚祝に誕生祝、病気見舞に旅土産、快気祝に引越しそば、餞別《せんべつ》、香典、袖のした。それでも呉れ足りないのか、外国の分までひきうけて、バレンタインやイースター、クリスマスプレゼントなどというのもある。品物を買えば景品がつき、銀行は金は貸さない代りにマッチやメモのサービスをする。最近ではテレビでもやたらと物を呉れるようになった。先だってもテレビでインタビューをされている最中に、とつぜん、アナウンサーがかたわらの魔法瓶を抱いてニッコリし、「今日はこれを○○名様に抽選で差しあげます」と言ったのであっけにとられた。あとで聞いたら「だってプレゼントのある番組は、グンと視聴率が高いんですのよ、ウシシ」と笑ったので、もう一度びっくりした。

この頃は人間がふやけて遊びたがってばかりいるのを知らぬわけではないが、なんにもしないでベッタリとテレビの前に坐っていて、その上なにかもらおうというコンタンはどういうことだろう。昔の日本人はもっと誇り高く、意味なく人から物をもらうことに恥を感じる潔癖な国民だと思っていたのに、なぜ、いつの間に、私たち日本人はこんなコジキのような人間になり下がったのだろう、いや、いったい、誰がそうさせたのか、そんなむつかしいことは私には分らない。

私も残念ながら、人に物を上げるのが大好きだが、人に物を頂くのはあまり好きではない。物を頂いておいてケチをつけるのは申しわけないが、私の場合、物を頂いたという感謝の気もちと、その品物に対する好き嫌いがなかなか一致しないので、神経が疲れるのである。自分の好みに合わないものが一つでも家の中にあると、それが気になって夜も眠れないという、プレゼント・アレルギーなのである。

私は、五歳から月給とりになって、一家を養った。ませたガキだが、自分で働いて自分で生きているという自負があり、自分で働いた金で「自分の好きなもの」を買う自由を持っていた、ということが、どうやら、その原因らしい。子供から少女へ、少女から娘へと、長じるにしたがって、好みはますますガンコをきわめ、他人の呉れたものには、はじめから敵愾《てきがい》心《しん》をもって立ちむかうまでにこうじたらしい。三つ子の魂百までの類である。

結婚した頃、夫は少ない月給をはたいては私にプレゼントをしてくれた。その気持を嬉しいとは思いながらも、やっぱり私はセッセとお取替えに通ったり、売りとばしてしまわずには心が落着かなかった。そのうちに夫はとうとう何も買ってくれなくなった。あたりまえである。世の中に可愛気のない女というものは私のような奴《やつ》をいうのだろうと、私自身も承知しているのである。

しかし、いくら私がヘンクツな人間でも、もらって嬉しい、有難いと思うものがないわけではない。「贈りさきの身になって考えたもの」「贈り主の身分相応のもの」「本当に心の感じられるもの」はどれも嬉しく有難い。その三つに反対のものが、プレゼント・アレルギーのもとになって、私を疲れさせるのである。

私の場合、手みやげ程度を越えた金額なら、ためらわず現金を贈ることに決めている。「夢がないネ」といわれるかもしれないが、現代《いま》はお金で夢が買える時代なのである。何年か先になれば、人間の命さえ金で買えるかもしれないのだから。

（『週刊朝日カラー別冊』創刊号、１９６９年４月春）

成瀬先生、さようなら。

去る七月二日は、岩波ホールにおいて、日本映画鑑賞会のために、成瀬先生の「浮雲」が上映されることになっていました。そして、映写のあと、私が舞台に立って、「浮雲」の思い出話や御病気中の成瀬先生のお話をすることになっており、そういう会に出席するのが苦手な私は、前の晩から、なにを、どう話せばよいのか、と、気になって眠れませんでした。その七月二日の朝、東宝の、とくに成瀬先生とは昔からゆかりの深い藤本〔真澄〕氏からお電話で、成瀬先生の仆報を聞き、あまりの偶然と、いつも背後にどっしりと立っていてくれた大黒柱のようなものが一瞬にして蒸発してしまったようなショックで、ただ呆然とするばかりでした。「浮雲」の上映は、何ヶ月も前から決っていたことなので、今更断るわけにもゆかず、私は観客と一緒に「浮雲」を見ました。

ほんとうのことを言って、成瀬先生がお亡くなりになったという実感はまだありませんでしたが、「浮雲」は、完全に美しいプリントで、映写が終ったあとはさかんな拍手がおこり、先生が、もしここにいらしたら、どんなにお喜こびになるかと嬉しく思ったり、また、もしかしたら、先生はちゃんと私のとなりの席にお坐りになっていらしたんじゃないか、と思ったりしたら、急に涙が出て、困りました。

舞台には成瀬先生の大きな写真が、黒いリボンで飾られてあり、私はそのとなりにポツンと坐らされて、途方にくれました。はじめに、成瀬先生のお写真に向って、全員起立して黙禱がささげられ、八時から十一時すぎても、「浮雲」についての質問が続けられました。司会者が、二度、三度と会の終りを告げても、観客が誰ひとり席を立とうともしないのを見て、私は、成瀬先生の作品が、どんなに深く、人々に愛されていたかということを、今更ながらに知りました。そして、その成瀬先生の作品に十六本以上も出演させて頂いた自分のしあわせと誇りを、今更ながら感じて、生れてはじめて、女優であったことを感謝する気持ちになりました。

成瀬先生は、いつも、人のことばかりを考えてあげて、御自分のことは、なんでも歯がゆいほどにがまんをなさる方でした。孤独で、謙虚で、そしてガンコな方でした。例えば「放浪記」の撮影中、風邪をおひきになって、布団を通して畳までぬれるような汗をおかきになっても、お仕事を休もうともせず、スタッフが心配すればするほど、元気なふりをなさるので、スタッフが根負けしてしまったり、となりに坐っている助監督さんにマッチ一つ借りようとせず、わざわざ御自分で食堂までマッチを買いにゆかれたり、人に迷惑をかけることをとことんまでお嫌いになって、まさにガンコとしか言いようがないほど、御自分にきびしい方でした。

今度の手術のあとも、「苦しい、痛い」などは一言も仰言らず、すッとこの世から去ってゆかれたと聞きました。いかにも、成瀬先生らしい最後であった、と私も思います。でも、もう少し、人に甘えて下さったら、人の力を借りる気持ちになって下さっていたら、もしかしたら、こんなに早く亡くならなかったのではないか、と、口惜しくてなりません。「浮雲」のセリフのように、「それは、それとして生きてゆくのよ、女ってそんなものよ」という心境には、今の私にはとてもなれません。いつも寡黙でいられた先生に、つい近より難く、長い間お世話になった、お礼の一言も言えぬままお別れしてしまったのも、残念でなりません。

ただひとつ、私が先生の明るいお顔を思い浮べることができるのは、先生はお酒が入ると、いまは亡き小津安二郎先生から「浮雲礼讃」のお手紙を頂いた時の嬉しさをお話しになるときだけでした。先生はそのとき、ちょっと伏目がちに眼をパチパチしながら、「オッチャンがほめてくれてねェ」と、くりかえして仰言り、「トーフ屋にとつぜん卵やき作れったってそうはいかないよ、ただ、どんなに良いトーフを作るかが問題なんだ」という、小津先生のお言葉に、心から共感していられたようでした。

庶民の心を、じっとみつめ、愛しぬき、そしてそれを表現することで一生を終られた、偉大な成瀬先生と小津先生。二人のイヂワルヂイサンは、今頃、あの世でどんなお話しをなさっていられるのでしょう。「この頃の、日本映画はどうしちゃったのかねェ」となげいていられるのではないでしょうか。私にはそんな声が聞えるような気がしてなりません。

でも、成瀬先生、もう先生はがまんをなさらなくていいのですよ。ゆっくりとゆっくりとやすんで下さい。そう、いつものように煙草をプカプカやりながら、ちょっと首をかしげて空をながめながら、ジャンパーのジッパーをはずして、ゆったりとお休みになって下さい。残された私たちには、もう、それしか先生に申しあげることは出来ないのです。

成瀬先生、さようなら。

（『成瀬巳喜男の足跡』アート・シアター日劇文化、1969年8月）

フロマージュ

45歳

　街そのものが、さながら美術館を見るごとく、ファッション、料理、と世界にその名を誇る花の都パリも、歴史に弱く流行にうとい私のような人間には「猫に小判」というところだろう。

　しかし、私も全くパリにあこがれていないわけではない、どころか、なるべくパリを思い出さぬように心がけているほど私はパリへ行きたくて行きたくてたまらないのである。なぜか？　そこには「美味いチーズ」があるからだ。花の都パリは、私にとって美味そうなチーズの固りにしかみえないので、パリを思えばよだれが流れる、などというのはおよそ色気のない話だが、本心なのだから仕方がない。

　私は十数年前の半年間をパリで暮らしたことがある。その時おぼえたチーズの味の数々は、私のホームシックを吹き飛ばし、毎日せっせとチーズを食べることだけに生き甲斐さえ感じ始めたのであった。おかげで、みるみる内に太りだし、どのスカートのジッパーもとまらなくなったので、あわてて新しいスーツを注文したら十万円がとことられて仰天した。が、スーツが十万円だろうが身体中がぶんむくれようが、私はふてくされたごとくチーズを食べつづけることを止めなかった。チーズは御ちそうのあとのお茶づけのようなものだから、レストランでは料理が終るまで待たなければならない。私はそれを待ちきれず、食前食後？に、街のおかず屋を彷徨しては幾種類ものチーズを買いこんで下宿で楽しんだ。

チーズはお茶づけに相当すると書いたが、レストランで料理が終り、さてデザートにするにはちと物足りないという場合に「フロマージュ」と一声放てば目の前に、山羊のチーズ、キャマンベール、ブルーチーズ、ブリ、エメンタル、トム、ゴルゴンゾラ、エスト、グリエール、などがズラリと並んだチーズのワゴンが運ばれてくる。ちょうど、おこうこの盛合せ鉢から、タクワン二切れ、きうりを三切れとお茶づけのお供にする要領で、二、三種類のチーズを切り分けて皿にとり、残ったパンとブドー酒で食事の仕上げをするのである。

最近は日本にも幾種類かの外国のチーズが輸入されているが、キャマンベールやブリの、あのトロリととけるように生々しいチーズは絶対にない。やはり香り高く新鮮なチーズを味うにはフランスへ行くより仕方がないのだろう。行けば狂った如くチーズを食いまくり、またまたスカートが入らなくなること必然である。今でも中年太りに悩む身体にチーズの肉？がピッタリとついたら……ああ、私はやっぱりパリを思い出さないことにした方が無難のようである。

（『ＥＸＣＥＬ』１９６９年初冬号）

スーツケース

46歳

　このごろの世間は、テンポが早いというよりもいたずらにせわしなく、一年がアッという間に過ぎてゆく。それでも、春は春でちゃんと忘れずにやってくる。

　窓という窓、戸という戸をガラリガラリとあけはなし、冬の間のほこりを追い出し、こたつやストーブをかたづけ、厚いコートは洗濯屋へ。さて、明るい色のセーターなどをちょいとひっかけて窓外を見れば、ついこの間まで裸坊主だった木々のこずえに、ハッとするほどあざやかな緑の芽がチラチラと吹いている。突然アスファルトジャングルを脱出して、どこか遠くへ、遠くへ行ってみたくなる。

「山は、きれいだろうな」

「野原は広いだろうな」

「真っ青な、海が見たいな」

　青春という言葉が若さを象徴するように、春はなぜ、人の心を落ち着かなくさせるのだろう。それなら、季節のない、ずっと南や北の国の人々は、何によって春を感じるのだろうか？そんなことは私にはわからないが、日本の春もつかの間で、駆け足でやってきては人の気持ちをチョイと浮き立たせ、また駆け足で行ってしまう。

うっかりしてはいられない。とにかく外へ出ようじゃありませんか。短い春のうららかな太陽を浴びながら、元気になわ飛びなんかどうです？　なんて、カッコいいことを言ってしまったが、二、三年前のある日のこと、つい春風に誘われて、なわ飛びに精を出し、ひざのお皿がゴキンと鳴ってアイタタの夕、陶器でいうならニュウがはいったとでもいうのか、いまだに立ち居に不自由というアホなオミナありきとおぼしめせ、ほかでもない、恥ずかしながらこの私なのである。

なわ飛びの話はさておいて、私は職業柄、好むと好まざるとにかかわらず〝旅行〟が多い。だから常に旅行支度のいっさいをととのえて、いつ、どこへでも飛び出せる態勢にしておかなければならない。旅行かばんは、大中小、大きさの違ったものを準備しておくと便利である。そして、洗濯物入れの袋、はき替え用の靴袋、下着入れの袋、この三つの袋は絶対忘れてはならない私のかばんの中の三種の神器とでもいおうか。こうしておけば、スーツケースの中で靴と下着がこんがらがったり、手袋が泣き別れになったりする心配がない。そして、名実共にきびしい羽田の税関でスーツケースをひっかきまわされても〝アッと驚くタカミネヒデコ！〃などと目をむかなくてもすむのである。

（『ミセス』１９７０年４月号）

贈り物とパーティ

46歳

はじめに

ほんとうのことを言って、「贈り物」も「パーティ」も、私には苦手なことである。どちらも簡単で楽しいことのようだが、よく考えてみると、人に物を贈ることや、人と話をすることはむずかしいことだからだ。なにしろ他人相手のことだから、「贈りやすい」「集まりやすい」という一方的な無責任さは許されないからである。

世間には「常識」というものがあって、もちろん、贈り物にもパーティにも、むかしむかしから伝えられているキマリがたくさんある。しかし、その常識を一応咀嚼《そしやく》したうえで、あらためて自分の頭で創意くふうしてみることがたいせつである。あえてタブーをおかすことはないが、ただ常識を鵜《う》のみにするだけではまったく進歩がないし、今日的な言い方をすれば「個性」を発揮できないことになる。贈り物やパーティは、楽しいことにはちがいないのだが、私はこの本のなかに、その楽しさの裏のイヂワルな面ばかりを書くことになりそうである。大ぜいの人間のなかには、こんなことを考えているヤツもある、という程度の参考になればと思う。

贈り物の基本マナー

■贈る心

日本人の例にもれず、私もまた、物を贈ったり贈られたりすることは大好きだが、ただ、「人に物を贈る」ということのむずかしさが、経験すればするほど身にしみて、結局は「何も贈らない」のにこしたことはないのではないか、とさえ考え出した。「アラ、たかが贈り物ひとつ、そう固いことを言わなくても。第一贈り物は好意の表われじゃないの」という、その「好意」がまず問題なので、「好意から出た贈り物なら、なんでも贈ってよいし、相手も喜ぶのだ。なぜなら、好意だから」という、ひとりよがりな好意の押し売りこそ、かんじんな「好意」に反するものである、と私は思う。

もちろん、物を贈られておこる人はいないだろうが、「贈られたという感謝の気持ち」と、「その贈り物が気に入った」ということはまったく別のことなのである。それどころか、自分が物を贈ったことで、相手は「迷惑するかも知れない」と、一応は考えてみることこそ、「贈り物のマナー」の第一なのだと思う。第二には「贈られるのは自分ではない」ということ。第三は「相手に負担をかけぬ程度の金額の物を」と、考えれば考えるほど、贈り物をすることはむずかしい。「心のこもったものを」というのは、贈り物のキャッチフレーズだが、心がこもるということはいったいどんなことなのか。ということをまず考えてみることである。

■手作りの品

贈り主が個性的であればあるほど、贈り物はむずかしいことになる。自分の手で作った手芸品などを贈るのは、相手に「ひとりよがりの押しつけ」と思われてもしかたがない。

手なぐさみとしての手芸品は、レース編みにしても、ししゅうにしても、鎌倉彫りにしても、しょせん、しろうとの作る手芸品の域を出ず、そのできあがりは、市販されている物にはとうてい及ばぬものなのだ、ということをわれとわがキモにくれぐれもめいじておくべきである。手作りの大きなベッドカヴァーなどは、贈り主の手間とヒマがかかっているだけに、気に入らない、といって、そまつにもできず、かえって相手に負担をかけることになりかねない。ぜひにと望まれて贈る以外には、まず贈らないほうが無難ではないだろうか?

■贈り物の演出

贈り物をするとき、ムキ出しで相手に手渡したほうが効果のある場合と、包装したほうがよい場合がある。

ちょっとしたアクセサリーや、小銭入れや、キイホルダーなどを、友人や目下の人にあげる場合は、ムキだしで、何気なく相手のセーターの胸につけてあげたり、ハンドバッグの中へポトン……と落としてあげたりするのも、親しみがあって、相手にも恐縮させないコツのひとつである。

バースデーや、結婚祝い、そして恋人への贈り物をするときなど、デパートや商店の包装紙のままでは味けなく思ったら、もういっぺん手をかけて、好みの紙で包み直したり、リボンをかけてみると、個性的で、いっそう楽しい贈り物ができる。贈り物は、ただむやみとあげるばかりが能ではなく、そこになにかしら贈り主の演出とくふうがあってこそ、相手に印象づけることができるので、包装もそのたいせつなことの一つだろう。

■せん別の迷惑

近ごろは、世界が小さくなって、気軽に外国旅行ができるようになったせいか、せん別やおみやげのやりとりも前ほど大げさではなくなったが、まだまだその習慣はなくならないようである。

飛行場で出発間ぎわに、見送りの人たちに手渡されるコマゴマとしたおみやげの箱やら、バカでかいケース入りの日本人形などをたくさんぶらさげてヨタヨタしている旅行者の姿は、まことにみっともないもので、あげたほうは荷物がなくなったろうが、もらった当人にとってこれほどありがた迷惑なことはない。飛行機の中は狭くて、花束くらいはスチュワーデスに頼んで捨ててもらえるが、おびただしいみやげを開いてみる場所も置き場所もなく、始末に困るばかりである。目的地に着いたら税関で開いて見せなければならず、時間はかかり、後のお客に迷惑がかかって、ロクなことはない。

最近は、外国でも日本金の両替えがたやすくできることでもあり、私は、旅行者へのせん別はすべて「現金」に決めている。キャッシュはあまりにも現金? すぎてという人もいるが、軽くて便利で簡単で、私ももらってありがたかった経験がある。どうしても「個性あるせん別」を贈りたいときには、目的地へ郵送してあげるのが親切だろう。

■甘い考え

手みやげの習慣がなくならないかぎり、常識的な、花、菓子、くだもの、という三つは相変わらず幅をきかすことだろう。

菓子、ことに生菓子やケーキを贈る場合は量が問題だ。菓子は冷蔵庫に入れるとどんどん味が落ちるものだから、相手の家族の人数を考えて適当な量を持参するのが親切である。二人家族に、もなか五十個をもらえば、ありがたいを通り越して迷惑なことだし、また「こどものある家庭には菓子を」というのも、あさはかな考え方で、こどもに与える菓子の種類や量は親の責任なのだから他人がおせっかいすることではない。あまり親しくない家庭には、日持ちのする「せんべい」や「ようかん」などのほうが無難だろう。

パーティや食事に招かれて、おみやげに菓子やくだものを持っていきたいときは、いきなり大きなデコレーションケーキなどを持ち込まず、あらかじめ電話ででも「何人前のデザートは私がお持ちします」というふうにはっきりしたほうが、相手も喜び、菓子も生きるというものである。

■たいくつの効果

常識的な手みやげにゆきづまったら、思いきって考え方を変えて、家庭用品などを贈るのもおもしろい。中元や歳暮には、調味料の詰合せ、陶器類、酒類、石けん、タオル、などを贈るのだから、ふだん贈ってはいけないということはない。

花の代わりにきれいな紙ナプキン、菓子の代わりに化粧石けん三個、外国タバコや、メモ用紙、などの消耗品など、ちょっと考えるといろいろ楽しいしゃれた贈り物ができる。

中元や歳暮の贈り物も、親しい家なら、生野菜の詰合せとか、トイレットペーパー二ダース、ティッシュペーパー一ダース、などというのも、案外と喜ばれるものである。洗剤や砂糖などの消耗品を何年も続けて贈り続ける、というのも、贈り主は変化がなくてたいくつかもしれないが贈られるほうにはかえって印象が残って効果的である。

■好みのモンダイ

おしゃれ用品を贈る、ということは、どうしても身につける物になるのでむずかしい。人にはそれぞれの好みがあるから、他人の好みに合わせてしかも贈り主の自分も生かすのは至難のワザというべきである。

タブーからいえば、恋人以外に贈ってはならぬ物は、ネクタイ、下着類、などだろう。香水は、だいたい男性から女性に贈るものだが、これも相手の好みがあるから、自分の好きなにおいを押しつけがましく贈るのは感心しない。女性が男性に贈るオーデコロンやシェービングローションも同じことがいえる。

おしゃれ用品を贈る場合は、よくよく相手の好みを見きわめてから、ということになる。

■モダンにクラシックの悲喜劇

物を贈る場合「つねに贈り先の好みに合わせて」というのが常識だが、ことに、ルーム・アクセサリーなどを贈るときは先方の家の様子を、よくよく知っていない限りは贈るものではないと思う。

例にひいては恐縮だが、私が結婚したときに、五枚組や、夫婦座ぶとんを幾組もお祝いにいただいて、日本間も押入れもないわが家では途方にくれたことがある。

先方の家は和式か洋式か？　洋間はモダンかクラシックか？　へやの基本色はどんな色か？　日本間にはどんな家具があるか？　食器はどんな好みで、花は何色が好きで、と、最低このくらいは知っていなければ、ルーム・アクセサリーなど無責任に贈れるものではない。先方の家を知らぬ場合には、ルーム・アクセサリーというより消耗品の部類にはいるかもしれないが、スリッパ六足とか、洗面所用の石けん、タオルなどのほうが、贈るほうも贈られるほうも気が楽で、品物も生きるだろう。

■教養ということ

教養とはなんだろう？　百科事典を丸暗記しても、それは教養とは言えないし、大学を一番で卒業しても教養ある人とは義理にも言えぬ人間もいる。一般教養などといっても、他人の教養と自分の教養とはまるで違うものかも知れない。そう考えていくと「他人の教養のための贈り物」をすることは大変にむずかしい。

こうした贈り物をするのは、おもに、結婚祝い、新築祝い、入学、進学祝いなどだが、くれぐれも、自分の教養の見せびらかしや押しつけは用心したいものである。入学、進学祝いに無難な贈り物というと、万年筆、時計、キャメラ、ラジオ、ノート、アルバムなどだが、相手の年齢を考えて贈ること。というのは、若者たちに甘えやぜいたくを与えることは決して「当人のためにならないことである」のを、それこそ教養あるおとなは知らなくてはならない。

新築、結婚には百科事典や辞書、または気のきいた雑誌を一年間、前もって本屋に前払いして贈るのもアイディアの一つだと思う。アメリカではこんなときによく、あたりさわりのない画集や写真集を贈るらしい。アメリカは日本と比べて本がべらぼうに高価なので、リヴィングルームのアクセサリー、という意味も兼ねて、上等な贈り物とされている。

■男性は気むずかしやさん

男性に贈り物をする場合に、まず考えなくてはならぬことは、その男性が、いつも家にいる人か、お勤めなどで外にいるほうが多い人か、ということで、それに合った物を贈ったほうがより効果的だということである。サラリーマンなら、カフスボタン、タイタック、ボールペン、ハンカチ、など、家にいる人なら灰ざら、湯のみ、筆立、スリッパ、ペーパーナイフ、などと、いろいろ考えられる。

贈り物のタブーとしては、あまり金額のはらぬこと、そして下着類は避けることである。男性への贈り物によくハンカチが選ばれるが、私の友だちのひとりに「ハンカチほどきたないものはない。ポケットから入れたり出したりするから」と言う人もあり、もうひとりは「冷たいし、水を吸わない」といって麻のハンカチは決して使わない。人にはそれぞれハンカチ一枚にも好みがある、ということをくれぐれも忘れてはならない。

■レジャーブームにのせられて

レジャー用品は最近とみに人気があるらしく、わが家でも中元などでたびたびレジャー用品をいただくが、残念ながら一つも役に立った物はない。ピクニック用の食器セット。自動車用アイスボックス。折りたたみのいす。バドミントン。ビーチマット。コリントゲーム、などは、かさも大きく不用の場合には始末に困るから、送り先の家族構成などを研究してから贈るほうが親切だろう。まず、ゴルフ好きならボールか手袋、スキー気違いなら毛糸のソックスくらいがいいところで、私のようなオバサンが、バドミントンやピンポンをもらっても足の骨を折るくらいが関の山である。デパートなどへ中元の相談にゆくと、「ことしの流行は……」と言ってすすめられるが、それはデパート側の商法なのだから参考に聞く程度がよろしい。

■ねこに小判

贈り物をするとき、ありきたりの物ではなく、「ちょっと変わった贈り物」をしたい、とはだれでも考えることだろう。が、ちょっと変わった贈り物ほど、先方にとんでもない迷惑をかける結果になりかねない。

私の例をあげれば、「金魚」「熱帯魚」「秋の虫」「小鳥」などの、いわゆる生き物をもらったときほど困ったことはない。こうした物を贈られて喜ぶ人もいるのだろうが、年中忙しく外を飛び回っていて、金魚をながめるヒマのない人間にとっては、ねこに小判というべきだろう。反対に、ちょっと変わっていておもしろかったのは、夜店の海ほおずきや綿アメ、ハサミ、室内ばき、などで、他人には歓迎されなくても私にとっては珍しくうれしい物もあり、要は金額の問題ではなく、両者のセンスがピッタリしたときこそ、ちょっと変わった物の効果が上がるということだろう。いずれにしても、生き物の贈り物だけはタブーの一つに加えたい。

パーティの基本マナー

■パーティはたいへん

日本人ほど、会合、つまりパーティのへたな民族はいないと思う。昔から四畳半にチマチマとした生活をしてきた私たち日本人は「広い場所で、飲み食いをしながら、大ぜいの人間とまんべんなく話をする」ことは、楽しいというより先に苦痛を感じるのだろう。そういう私もそのなかのひとりで、パーティほど苦手なものはない。

しかし、パーティに出席したかぎりは、自分を固持することは許されない。たとえ口が重くてもひとりで黙り込んでいたり、逆にひとりでペラペラしゃべったり、でしゃばったり、他人の注意を引こうとしたり、いわゆる目立つ行動は避けることである。

立食いやカクテルを、変にエンリョして手をつけぬのもかえって主催者に失礼であり、知った者同士だけで話し込んだり、またないしょ話は絶対にタブーである。パーティに出るときは、どんな話でもひとり一話を用意してゆくこと、そして、聞きじょうずになることこそ、パーティに出席する資格のある人間だということだろう。

■男と女

そのときのパーティによって人選も変わるわけだから、話題もそのつど異なるのはあたりまえである。日本のパーティではどうしても、男は男、女は女同士と固まってしまうことが多い。男には男の話題、女には女の話題があるのは当然のことだが、たとえばいすにすわるとしても、なるべく男女交互に配置するのが、ホストやホステスの役目というべきで、こうすると意外と話題が片寄らないものである。

お酒がはいるとエッチな話も出るだろうが、ほどほどにすること。人の悪口や議論などもほどほどにしないと、どこにどのようなさしさわりがあるかもしれぬから、要注意である。お酒の豊富な席では、つい時間を忘れがちになるから、前もって世話役をひとり決めておいて解散のキッカケをつくるのも、主催者側に迷惑をかけないコツかと思う。個人の家のパーティに招かれた場合には、おそくとも十一時に解散するのが礼儀である。

アイディア・パーティ

■気楽さとおもしろさ

パーティは「楽しく過ごすこと」が第一だが、たまには講師を呼んで話を聞いたり、アメリカのようにみんなが手製のカレーライスなどの料理を持ち寄って食べ比べて作り方の交換をするのも、料理のレパートリーがふえるという意味で楽しいパーティになるだろう。また、あるときは自分の夕食分のお金、たとえば三百円分相当のソーセージやクッキイ、サラダやおすしなどを持ち寄って食べ合うのも簡単で若わかしいパーティになる。

パーティというと、おしゃれをして、ちゃんとした場所で、とつい考えがちだが、お金をかけない方法、たとえば「ジーパンの会」とか「ふだん着パーティ」などの、気楽さを楽しむパーティもよい。お寺の境内や植物園などへ出かけて、おむすびパーティを開いたり、百円以内の賞品が当る、簡単な「ゲームパーティ」など……考えるとおもしろいアイディアが出てくるものである。

（高峰秀子監修『贈り物とパーティ』千趣会、1970年11月）

私の好きなワイングラス

今年のお中元には、デパートや専門店で「ワイングラス」がたいへん売れたそうで、「二年ほど前まではワイングラスなんて全く人気がなかったモノですがねぇ」と売子がビックリした顔をしていた。

ということは、日本人がそれだけブドー酒にくわしくなったことなのか、それとも私たち日本人の食生活がいよいよ西欧化されてきて、ブドー酒つきの食事をカッコよく楽しむようになったということなのか、いずれにしてもゼイタクになったことだ、とつくづく思う。なぜなら、日本製のブドー酒は量も種類も少ないし、輸入ものはなかなかに高価である。フランスのように酒屋のはかり売りでビール瓶一本分が二〇〇円、三〇〇円などというブドー酒はないし、第一クッキングワイン（アメリカで一本二〇〇円ほど）もロクに売っていない。一個何千円もする上等なワイングラスで、人々はいったいどんなブドー酒を飲んでいるのかしら、と羨ましいと同時にふしぎに思う。

49歳

日本でブドー酒というと、なんとなく立派なワイングラスと高級フランス料理、というイメージがある。したがってブドー酒はオツにスマした高級酒という先入観念がある。そうしたところから出発して、いまようやく日本人大衆のお酒としてブドー酒が普及してきたとすれば、全く話はサカサマでこっけいな気がする。

ボージョレーはなで肩、丸いのは…？

のベ一〇年ほどをフランスで過した画家の梅原龍三郎先生のお話に依ると、「ブドー酒は、雨が少なくて暑い年のものがすこぶる美味なようだ」とか、「いくら高価でも古いばかりが能でなく、ある年月を越えるとブドー酒は屁《へ》になっちゃう」とか、「同じブドー酒でもレストランによって値段が違うし、ワインリストも違う」などと、ブドー酒についての知識もしょせんこちとらぺエぺエとは次元がちがう。ワイングラスにしても、「ボージョレーはスンナリとなで肩のグラスを用い、ブルゴーニュの場合は浅くて丸い型のグラスで」なのだそうで、バカの一つおぼえみたいに「肉には赤を、魚には白を」などとホザいている自分が全く恥ずかしくなってくる。ものを知らないというほど弱くて、強いことはない。

眺めるばかりのワイングラス

私もワイングラスを幾つか持っているけれど、六個そろいのチェコのよそゆきは、戦争直後に買ったものである。ゾウスイやウドンが大御馳走の当時のことだから、もちろんブドー酒なんていう高級酒は夢のような話で、もっぱらグラスそのものの美しさにひかれて買ってしまい、ぼんやりと眺めるばかりの観賞用であった。

昭和二五年に半年ほどパリにいたとき、私はすっかりブドー酒のファンになってしまった。梅原先生とはちがうから、私の飲むのはいつも二流、三流のレストランの、フラスコに入ったはかり売りのブドー酒だったけれど、食事のたびにガブ飲みするには格好にサラリとしていて、「フランス人は水の代りにブドー酒を飲む」とは、話には聞いてはいたがこのことか、と納得がいった。

フランスから帰って、東京の骨董屋でみつけた一九世紀のアメリカのワイングラスは、濃いグリーンの厚手のガラスにブドーの模様が浮き出して、美しいけれど色が濃すぎるためかかんじんのブドー酒が美味しくないのでいつの間にか一輪ざしになってしまった。

ごく薄手の中型グラスは来客用で、首が長くアッサリとしたのはブドー酒好きの夫の専用で、どこかで半端ものを一個買ってきたクリスタルである。私は貧乏性なのか、首の長い、いわゆる上等のワイングラスはどうも不安定で落ちつかないので、家では、オンザロック用のドテンとしたコップにキャンティやオリヴィエットなどをなみなみと注ぐ居酒屋スタイルが気に入っている。

（『家庭画報』１９７３年11月号）

50歳

一読一嘆

加藤秀俊『ホノルルの街かどから』

ハワイ、ハワイと草木もなびいていますけど、皆さん、ハワイの内情みたいなものを全然知らないんですね。本当にあすこに住んでいる人たちのことを知ったら、あんなに羽目を外せないと思いますよ。

ハワイは移民の島ですから、その方たちの苦労は大変なものだった。この本は、そういった苦労話を書いたものではありませんが、ハワイの予備知識として、特に主婦の方に読んでいただきたいですね。こういう本が、しかつめらしいのは困るんですけど、その点、加藤さんは、やさしく、しかも、面白くお書きになっています。

私が初めてハワイへ行ったのは、二十三、四年前ですが、日系一世の方の話を聞いて、ここで羽目を外すなんて、とても考えられなくなりました。それは大変だったんですよ。例えば、ハワイには二世、三世のお医者さんがたくさんいる。移民した人が、ブタのようにコキ使われて、せめて自分の息子だけは、社会的地位も高く、収入もいい医者になってもらいたい、と苦労して本土に勉強に行かせたんですね。

何回かハワイに行って感ずるんですが、日本の観光客が、だんだん〝観光ずれ〟してひどくなってますね。ジーパン一つで気軽に出かけて楽しく遊んでくるのはいいことですよ。でも、行くからには、一人の心の友を見つけてこそ、観光の意味があるんじゃないかしら……。

それが、日本でティッシュペーパーが不足したといって、ハワイで買いあさる。あそこは本土から船で運ぶわけですから、ふんだんにはないんですよ。おかげで、島の人がスーパーやドラッグストアで長い行列を作って、やっと一箱しか買えなかったんですね。

私自身も、外国へ行くと、つい羽を伸ばしてしまって、これでいいのかなあ、と反省しているものですから、これはいい本だと思ったんです。（談）

（『週刊サンケイ』１９７４年11月7日号）

消しゴム一個、失礼！

50歳

私がはじめて「月給」をもらったのは、松竹映画へ入社したとき、昭和五年、五歳で五円という金額であった。その、つい半年ほど前に北海道から東京へ養女としてもらわれてきたチビの私が、思いがけず「月給とり」になったのだから、養父母が混乱するのもムリはないが、父親がそれまでの仕事をやめてしまったので、親子三人の生活が私一人の肩にかかることになってしまった。現在《いま》の五円は電話一通かけられない穴アキ銭一個だが、当時は五円で小さな貸家を借りて、親子三人がかつかつに食ってゆけたものである。

昭和十二年。私の月給は九十円であったが、実家への仕送りなども増えて、生活はいよいよ苦しかった。大森のアパートから松竹大船に通うためには定期パスを買わなくてはならず、私は駅の窓口で、背をかがめて、子供の作り声を出して半額の定期券を買った。文房具屋の店先からケシゴム一個をかっぱらって、息も絶えだえに走り帰ったのも、このころだった（文房具屋のおじさん、ゴメンね）。当時、市場ではコロッケ三個十銭、しょうじんあげは一個一銭で、どちらも美味《うま》く、子供心にも迷いぬき、悩みぬいてウロウロしたものだった。そのころの私は「名子役」という、ほまれ?高き肩書きをもらっていて、ファンレターは毎日ミカン箱に一杯、六畳のアパートの部屋はファンからの贈りものの高価な人形でいっぱいだったが、私はその人形が「現金」だったらいいのにな……と、よくタメ息をついたものだった。

貧乏は、しなくてすめば、それに越したことはないけれど、私にとって、子供時代のあの貧乏生活は、貴重な経験であった、と、いまではありがたく思っている。

(『潮』1974年12月号)

巴里で、そして東京で

「こんど、こんな本を出すんだ」と、秋さん〔秋山庄太郎〕がバラの花の美しいカラー写真を五、六枚ひろげたとき、私はオヤオヤと思った。酒呑童子のような秋さんの顔と、花の女王といわれるバラの花はなんとなくイメージがつながらなかったからである。秋さんが、なぜ、このトシになって突然バラの花にのめりこんだのか知らないけれど、いずれにしてもバラの花を愛するなんて、「やはり、いいとこのボンボンなんだナ」と、そんなことを感じた。

バラの花が嫌いな人はこの世にいないだろうが、私は特に黄色いバラが好きだ。ファンというのは有難いもので、自分でも忘れている三月の誕生日には必ず黄色いバラが一ダース、二ダースと届いて来るが、その日は家中がバラの花の馥郁《ふくいく》たる香りに溢れて外出をするのも惜しいような気がする。けれど、花屋のバラはみんな八等身で西洋流にスラリと背が高く花の大きさも揃っているが、どこかヒヨワで頼りない。

いまから十余年前に、私は、林芙美子さんの作品「浮雲」という映画に出演したことがある。そのときは既に林芙美子さんは亡くなっていたけれど、お墓参りをして、下落合のお宅にも伺った。日本間の書斎は生前そのままになっていて、仕事机の上には林さん愛用の万年筆が、まるで主人を待つかのようにキチンと置かれていた。

「家のうしろにバラの畑がありましてね」という御主人の緑敏さんの声に、私は、「バラの畑？」と驚いた声をあげた。優雅に気品高いバラの花はいったいどんな畑に咲くのだろう？緑敏さんの案内でバラの畑を見た私は二度ビックリした。百坪あまりの土地に、一メートル足らずのガッシリとしたバラの木が整然と並んで、夏みかんほどもある大輪のバラがグワッという感じで咲いているのだった。「バラの木にバラの花咲く……」という詩があるけれど、バラはほんとうに木に、咲いていた。あっちの花、こっちの花のそばへしゃがみこんで、大きな花に鼻をくっつけてはクンクンとやっている私を見て、緑敏さんは笑った。「そんなに好きですか、バラの花が」。

緑敏さんは、広い庭を利用して、高山植物の蒐集とバラの栽培をするのが趣味だとか。高山植物のほうはなにやらチビチビとした植木鉢が並んでいて私には興味がないけれど、文字通りに女王の貫禄充分のバラの花には大げさでなく感動した。以来、季節になると緑敏さんはバケツ一杯ほどもあるバラの束を届けて下さるようになった。半開きのバラはみるみるうちに花弁を開いてひしめき合い、タライ一杯ほどにふくれ上っては、その花の重さに自ら花瓶から転がり落ちるのである。そして満開になったとたんに、厚い花弁はバサバサと音を立てて散じる。実に生きものを見るようで哀しい。「花の命は短くて、苦しきことのみ多かりき」という、林芙美子さんの文章の一端が、そのたびに思い出されて、なにやら感傷的な気分になるのである。バラの大家といわれる洋画家の梅原龍三郎先生のバラのモデルもたいていは林家のバラである。茎の太い、力強いバラの姿は、カンバス一杯に画かれて、いつまでもその美しさをとどめている。

これも十年ほど前の話になるが、パリに遊んでいたとき、NHKに頼まれて、シャンソン歌手のイヴ・モンタンのインタビューをしたことがあった。ちょうどリサイタルの最中で楽屋を訪ねることになり、私は花屋へ寄って真紅のバラを二ダース求め、この花束を抱いてモンタン氏を訪ねた。まだ開演には二時間もあり、楽屋には人気《ひとけ》もなく、イヴ・モンタンたった一人が、テープレコーダーを前にひっそりと座っていて、私を見るとニッコリとして立ち上った。思いのほか背が高く、私から受け取ったバラの花束に顔ごとうずめて大きく息を吸い「メルシーボークー、マダム」と言って私の手にちょっと唇をつけた。たった一つしかない椅子を私にすすめて、彼は長い脚をかかえこんで床に座りこみ、「さあ、なんでも聞いて下さい」と、つとめて気楽な雰囲気を作る。そんな彼に、私は「苦労人」を感じて好感を持った。そして、それから五年ほども経った頃だったろうか、私は夫と二人で散歩がてらに家の近くのフランス料理店でおそい夕食をしていた。ふっと聞きおぼえのある、鼻にかかった柔らかい声に振り向くと、うしろのテーブルの客の中にイヴ・モンタン氏がブドー酒のコップを手にして座っていた。私はもちろんパリで一時間ばかり会った日本の女などを彼がおぼえている筈もないと思い、彼の席にブドー酒を一本届けるようにと、ボーイに頼んで席を立った。

あくる日、遅く目ざめた私は、食堂のテーブルの上に真紅のバラが二ダースと白い封筒があるのをみつけた。手紙はイヴ・モンタン氏からで「洒落れたお心づかいありがとう」とあり、自分の似顔のマンガとサインがしてあった。なぜ、私の家や名前が分ったのだろう……。きっと、ボーイさんが知らせたのかも？　いや、そんなことはどうでもいい。

しかし、パリと東京の、同じ真紅のバラが二ダースというのは偶然なのだろうか？　まるで人生の機微をえがいた短編小説のようなこの小さな思い出は、いまも心の中に残っていて忘れられない。

（『秋山庄太郎作品集　薔薇』主婦と生活社、１９７５年５月）

51歳

五十代、冥利につきる幸運だけがあった

私が、親兄弟よりも夫よりも長く深くかかわりあったのは、四十数年に亘る「女優」の仕事である。

私は運が良い。「運が七分に努力が三分」とかいうけれど、私はつぎつぎと恵まれたチャンスのうしろを、ただ息せき切って追いかけてきただけである。

昭和四年、私は当時活動写真とよばれていた映画の台頭期に、子役としてデビューした。昭和六年には日本最初のトーキー映画「マダムと女房」に出演し*、二十五年にはこれも日本最初のカラー映画「カルメン故郷に帰る」に出演している。映画産業のピークは昭和二十九年だったが、その年、私は、私の代表作などと言われている「浮雲」「二十四の瞳」に出演した。映画俳優として冥利につきるような幸運に恵まれたわけである。

時代は、必ずしも良かったとは言えない。戦争をはさんで、才能に恵まれながら運に恵まれなかった人、努力をしても社会の波にのらなかった人を私は沢山知っている。

私にとって、古き良き時代はない。あったのは幸運だけである。

（『週刊朝日』１９７５年9月30日号）

＊途中まで撮影したが、母親役の八雲恵美子が急に田中絹代に代わったので、子役も高峰から市村美津子に代わった。

古いもの

51歳

私が真剣（？）に食器を集めだしたのは、結婚してからである。理由はごく簡単、仕事が忙しく、料理を作るヒマがないので、中味の薄さをせめて食器でおぎなって、夫の眼をゴマ化そうという魂胆からだった。

「馬子にも衣裳、髪形《かみかたち》」というけれど、器がいいとハンペン一枚のせても美味そうに見えるから不思議である。陶器ばかりでなく、漆器の椀や取り皿を入れると食卓がぐっと柔らかくなるので、いつの間にか漆器も増えた。

食器に限らず、わが家に在るものはすべて古物だが、その理由もごく単純、古いものに囲まれていると、なんとなく落ちついて気もちが安らぐからである。

（主婦の友社編『食器と盛りつけ』主婦の友社、１９７６年２月）

二十年前と同じ静けさ美しさ。

おいら岬の灯台守りは
妻と二人で沖ゆく船の
無事を祈って灯をかざす灯をかざす

昭和三十二年に制作された、一灯台守りの生活を画いた映画、「喜びも悲しみも幾歳月」の主題歌である。映画の中には、伊勢志摩国立公園の安乗《あのり》灯台も登場している。二十年振りに安乗灯台を仰ぎ見て、懐かしさの他に二、三の感慨があった。

志摩には安乗灯台の他にもうひとつ大王崎《だいおうざき》灯台がある。大王崎灯台は地の利の便利さからか、観光バスのルートになっていて賑やかだが、安乗灯台付近はロケーション撮影の当時と全く変らぬ美しく静かな眺めを保っていたことになんとなくホッとした。曲がりくねった道ぞいに軒を寄せあう家々も、灯台の右手の荒々しい外海も、左手の鏡のような的矢湾の内海も、昔のままの姿で私を迎えてくれた。灯台入口のプレートに「当灯台は明治五年に建築され、昭和二十三年に改築された」とある。長い間「沖ゆく船のために」御苦労さまでした、と言いたいが、現在《いま》の灯台のほとんどは無人で、自動的に働いているのだそうな。人里はなれた灯台に住む職員家族の、孤独、不安、不便、というあらゆる労苦は、どうやら過去の物語になったようである。人影もない岬の突端で、白い優雅な形の灯台は、ちょっぴり淋しそうだった。

賢島《かしこじま》には、これも二十年前に泊ったことのある「志摩観光ホテル」が、いまはモダンで美しいホテルになっていて私を懐かしがらせた。ホテルの中がゆったりとしたスペースを持っていて居心地がよく、特に食事がビックリするほど美味しい。「日本中のどのホテルの料理より上等な味ですね」と言ったら、「的矢カキの本場ですし、豊富な魚貝類に恵まれておりますので」と、支配人がニッコリした。謙遜な言葉というものはこころよく耳に響くものである。

（『週刊文春』1977年5月12日号）

（JASRAC出1806755－801）

私の花ことば　優しく可憐な野の花

日本の四季の中で、私がいちばん好きなのは秋。

暑さ寒さの両方に弱い私は、一年の半分ほどを海外逃亡ときめこむが、秋だけは絶対に日本国ですごしたい。読書の秋、食欲の秋、そして女性がもっとも美しく見える秋。そのいずれも私にはメではないが、私には私なりの「秋」の楽しみがひとつある。それは花屋に秋草が入荷することだ。

すすき、りんどう、女郎花《おみなえし》、桔梗《ききよう》、刈萱《かるかや》、吾亦紅《われもこう》。どの花も優しく可憐な野の花である。最近は、八百屋や魚屋、そして花屋にも「季節」が無くなりつつあるけれど、秋草だけは秋を待たなければおめにかかれない。

だいたい秋草は吹けばとぶような雑草のたぐいなのだから、こちらから野原へ出かけて行って朝露踏んで摘み取ってこそ楽しいので、秋草のほうから汽車に乗って都会へ出てこい、というのはヘンなのだが、世の中の風情がすべてヘンなのだから、まあ、いたしかたがない。

53歳

とにかく花屋へ馳けこんでしこたま秋草を買い狂い、そしてこれも私の大好きな李朝の大壺や大ザルや竹籠などにエッサエッサと盛りこんで、さてどうするかといえばどうするわけでもなく、ただボケーッと眺めるだけである。他人から言われなくても「バカみたい」なことは充分承知だけれど、私は「今年も秋のセレモニーが出来た」ことで満悦至極なのだから、これもいたしかたがない。

考えてみると、私は相当な花好きらしく、家中に氾濫する花器の群れがそれを証明しているようだ。でも、花ならなんでもよい、というわけではなく、例えば赤いカーネーションとかフェニックスなどの強烈さには弱い。

私の仕事は家の中よりも外の場合が多いので、いつもガックリと疲れて帰宅する。せめて家の中では花の色までしっとりと静かであってほしい、という願いがいつの間にか働いてしまうのかもしれない。

わが家の花器は秋草や茶花に似合うひなびた風情のものが多い。ふだんは棚の上にひっそりと鎮座しているそれらの花器が、秋草を迎えたとたんに生気を放ち、秋草もまたところを得たとばかりにいっそう美しさを増す。お互いがよりそって、お互いをひき立て合って「調和」が生れて「美」となる。

年がら年中、目くじらを立ててつっ走り、不調和音をがなり立てている私は、ときどきフッと心の空洞のようなものを感じることがある、なにか物忘れをしているような、もどかしいイヤな感じである。それがなんであるか私にはよく分らないけれど、そんなときに秋草をみると、とげとげしい自分の心が一瞬なごむ。秋草のひとつひとつが、あまりにも優しく、哀れなほどにこまやかな花をせいいっぱい咲かせているからだろうか？　秋草から受ける感動が、年々薄れるどころか深いものになってゆくのは、私もまた雑草人間の一人だからだろうか、などと勝手な理屈をこねてもみるが、はっきり言えばオトシのせいだろう。今年の桔梗の美しい紫は、ことのほか眼にしみるようである。

（『家庭画報』１９７７年９月号）

こだわることは、素敵

おさしみに敬意を表して
うすもも色に脂がのったトロ
すきとおるような平目の薄造り、そしてコリコリの赤貝……
これほどシンプルで、これほど美味しい料理は
世界にも二つとありません。
これは四方を海に囲まれてしょうゆという調味料をもつ
日本人だけの特典。
だって、海に囲まれているけれど、生の魚を食べない国は、たくさんあります。
でも、近頃は、新鮮なお魚を手軽に買うことがむずかしくなりました。
マグロなんて、遠くの海からはるばる運ばれてくるんですものね。
おさしみは、今、最高のご馳走！

57歳

おいしさにこだわって、生き方にこだわって
ふり返ってみると、ずーっと私は、モノに執着して生きてきたような
気がする。家具に凝り、陶器に惚れ、美味にこだわって……
自分の好みをガンコに通すことは、「自分」を大切にすることなんです。
今は、「こだわり屋さん」が増えてきて、それはとってもいいことだ、と思う。
でも、どんなに料理にくわしい人でも
しょうゆ、となると、わりあい無頓着なのは、どうしてでしょう。
ご馳走には、ご馳走のしょうゆ
おさしみは、「料理の芸術」といわれるほど、見た目にも美しい。
その美しさ、おいしさにふさわしい物を私は選びたい。
着るものに、オーディオに、こだわるように、自分の舌にも、こだわって。
こだわれば、キッコーマンさしみしょうゆ
生魚の、新鮮な色彩をけがさない、ほどよいトロミ。
生臭さをやさしくつつむ上品な香り。
素材の味をひきたてる、豊かなうま味——
キッコーマンの醸造技術が、さしみ専門のしょうゆを創りあげました。

四百年ほど昔の江戸時代に、今のようなしょうゆが完成して
現在のさしみ料理を誕生させたように
今、またキッコーマンが、そのおいしさを高めます。
こだわることは、おいしい。

（『毎日新聞』1982年1月1日）

私の大好物 「竹園」のビーフストロガノフ

上質の神戸牛に前菜、デザート付きお昼は二千円よ！

芦屋駅（兵庫県）から歩いてほんの二分ってな所に、「竹園」というかわいらしいホテルがあるんですけど、それが本店で、そのレストラン部門だけがソックリ銀座に出てきて開店したわけ。

もともとが大きなお肉屋さんだったから、お肉そのものがおいしいんですよ。それと、お料理の特徴が和洋折衷っていうのかな、ホラ、今の若い人って、日本食を食べてもちょっとお肉っ気が欲しい人っているでしょ？　そんな、型にはまらない気楽さがいいのよね。

お昼はサービスで安く食べられるようになってて、中でもビーフストロガノフは、二千円で前菜とデザートが付いていて、いいなと思ってる次第です。バターライスも、よくある申し訳程度っていうのではなく、たっぷり食べでがあるし……。フォークとお箸と両方出てく

るのもいいでしょ。今のところ、三日にあげず通ってます。（談）

（『週刊文春』１９９２年９月17日号）

それが成瀬演出だった

削れるだけ台詞を削り……

日本の映画界でいちばん恐ろしいのは黒澤明監督だとされているけど、成瀬巳喜男という人も相当に恐ろしい監督だった。寡黙というより意地が悪いほど喋らない。成瀬さんに「いじわるじいさん」と仇名を付けたのは私だけど、黒澤さんはまだ怒鳴ったり喚いたりしますからね。

「あらくれ」（昭32）の時に、これは徳田秋聲の原作では、牛のような骨太の四角い顔をした頑固な女が主人公で、私の条件とはまるで違う。それで成瀬さんに「どうしたらいいでしょうか」と聞いたら、「演《や》ってるうちに済んじゃうでしょ」の一言。こういう監督と、なかなか親しげにはできませんよ。

ただ、それは仕事がいい加減ということじゃない。「女が階段を上る時」（昭35）で、私がバーの階段を上がって店のドアを開けると、バーテンがひょいと振り向き、「お早ようございます」というシーンがあった。その何ということない芝居がどうにもうまくいかない。朝九時十五分にカメラが回り始めて、昼になり夕方になっても「ＯＫ」が出ない。ついにその日は一カットも撮れず、私は待ちぼうけ。あげく、可哀そうにそのバーテンの役者は、翌日には他の人に代えられていました。

成瀬さんは、芝居でできるところは台詞《せりふ》はいらないという監督です。だから私が主役の場合、脚本の第一稿が上がってくると、二人してどんどん台詞を削っていく。「この台詞、どうします？」「いらないね」「ここは？」「芝居でいいよね」。こうした作業を〝洗う〟といって、脚本家には本当に失礼な話だけど、洗いに洗って決定稿を作っていった。

「いじわるじいさん」と陰口を叩きながらも、私は十五、六本も成瀬作品に出ている。つまりは仕事としてラクチンだったんでしょうね。余分な口きかなくていいし、怒られもしないし、好きなように演《や》らせてくれて――。成瀬さんも面倒くさいの嫌いだから、さほど手のかからない高峰秀子という女優が、何かと便利だったんじゃないでしょうか。

（『ノーサイド』１９９３年２月号）

好意は嬉しいが、困る場合が多い歳暮の品

私の場合、暮れからお正月にかけて約二ヶ月間海外に行っています。帰ってみるとお歳暮の配達の不在連絡票や、置いていかれたお歳暮が山になっていて、なにがどうなっているのかさっぱりわからないという状態になっているのです。お花など腐るものはみんな腐ってしまっています。わからないのはそのままご返事もできず、捨ててしまうことになります。私はけちですから、お金を捨てるようで、本当にもったいないといつも思っています。

でも一応わかるかぎりお礼状は書きます。正直に「いただいたらしいのですけれども、ハワイにおりましたので残念でした」と書きますよね。それでも、冬と夏はいないんだなと思ってくださらなくて、また次のシーズンも贈ってくださる。

最近、年をとってきて、蘭の鉢なんか、大きいのをいただくと、私の力じゃ持ち上がらないんですよ。

わが家は玄関が一階で、玄関即ちガレージになっているので、そこに置いておくわけにい

かず、二階が住まいですから持って上がらなきゃならない。結局、松山の帰りを待つか、運転手さんに上げてもらうかですが、贈ってくださる好意はとても嬉しいんですけど、実際困る場合のほうが多いのです。

最近、流通がよくなったので、産地取り寄せだとか、鍋物のセットだとかが大流行。毛がになども贈ってくださるんですよね。ところがそれが一人じゃないわけで、かにが来たところへ、かにが来て、さらにまたかにが来ちゃうという感じなんです。

よその国の習慣までとり入れて忙しくなる一方の日本

中元も歳暮も、もともとはそのときどきにお互いの無事を祈って、お祝いの意味でちょっとした贈り物をするという中国の習慣。今の中国ではもうないんじゃないでしょうか。クリスマスプレゼントというのも、そもそもは日本人には関係ないわけでしょ、だから、よその国の習慣を、日本人は今もって大切にやっているわけです。だからみんな忙しくて仕方ない。いやだと思いつつ、しきたりだからしているのでしょうね。ですから思い切ってやめたらいいと私は思います。それによって人間関係がどうということはありません。

そうはいっても会社勤めの方は皆さんしていますから、自分だけしないというのも、心配になるのでしょう。それでお歳暮時期のデパートはあんなに混雑しているのでしょうね。

中国のしきたりで上元（陰暦一月十五日）、中元（同七月十五日）、下元（同十月十五日）というのがあるのですが、水野正夫さん（服飾デザイナー）は、中元と歳暮の間の下元に、ちょっと珍しい食べ物を贈ってくださるんですよ。この時期は贈り物が殺到しませんから、いただくのはとっても嬉しいですね。

商品券、ギフト券が一番。物を贈るのは難しい

私は中元・歳暮を差し上げることはしていません。普段、お世話になったらその都度お礼を差し上げています。

そのお礼はだいたい商品券ですね。あとは図書券、女性ならお花のギフト券ですね。私自身、いただいてそれが一番嬉しいですからね。商品券というと、すごく現実的すぎて夢がない、そっけないという人が多いのですけれども、とにかく人に物をあげないこと、これが一番親切だと思っています。何をあげたら喜んでいただけるのか、わかるものではありません。どうしても食べ物を贈りたいときは、おいしいお肉の佃煮とか、上等な梅干しとか、それも少なめにします。そして、五千円のものを贈るのなら、千円のが五つ詰めてあるものを選びます。お肉の佃煮でも、もし一万円のものをあげたいと思ったら、二千円のものが五つ入っているものにします。そうすると自分の家で使わなくても、人にあげられますから私だっ

たらとっても重宝します。一つの入れ物ですと、全部食べるのも大変ですし、開けてしまったら、おしまいですからね。

とにかく押しつけになりがちですから、形のあるものをあげないことです。うちの場合は、いろいろといただきつくして、今は夫婦二人のシンプルな生活を心がけているので、こういうようになったのかもしれませんけれどね。(談)

(『SOPHIA』1993年12月号)

あぁ、くたびれた。

「××町一番地」というカッコイイ町名に惚れて、麻布に住みついたのは四十余年も前である。以後、中身の住人も老化したが、容れ物の家屋にもガタがきて、三回も建て直した。

以前は閑散としていたわが家の周りは、現在、右隣りがアメリカ大使館邸、左がサウジアラビア大使館、後ろがギニア大使館と、大使館だらけになって、小さな庭に住みついていた蟇《がま》や蛇は姿を消し、目覚まし代わりだった小鳥たちの声も激減した。

春夏秋冬、花鳥風月には浸る間もなく女優の道をただ馬車馬のように突っ走っていた若い頃は、「老女になったらこのあたりを優雅に散歩でもしよう」と楽しみにしていたが、さて老女になってみたら、すっかり様変わりした付近の喧噪をかき分けてヨタヨタと散歩するなどはとんでもないこと、ひたすらくたびれるばかりである。

だが、くたびれるのはトシのせいばかりではない。麻布界隈には滅多矢鱈と「坂」が多いからだ。司馬遼太郎先生の文章によれば、「……まことに江戸は坂が多く、名称のついた坂だけでも三百以上ある……」そうだ。麻布周辺だけでも二十以上あるのだから、くたびれるのも当然である。

爽やかな初夏の風に誘われて浮かれ狸よろしく私は久し振りに自宅近くの植木坂を下ってみた。大黒坂下の商店街でちょっと買物、暗闇坂を戻って鳥居坂の国際文化会館でひと休み。わが穴倉へ辿りついた時はもはやヘトヘト。玄関を入った第一声は「あぁ、くたびれた」だった。

（『文藝春秋』１９９５年７月号）

神サマが渡してくれたもの

昔、といっても昭和のはじめころまでの子供たちは、ほとんど、読み書き、ソロバンさえおぼえれば、手に職を、という親の意志で小学校を出るとただちに社会へと追い立てられた。私も、その中の一人だった。

五歳のとき、ひょんなことから「子役」として映画界に放りこまれた私は、ベビースターとして何本もの映画のかけもちで忙しく、当時は児童に関する労働基準法など無かったから、徹夜に続く徹夜の仕事でほとんど寝るヒマもなかった。

六歳になり、人並みに小学校へ入学はしたものの、一カ月に三、四回しか学校へ行くことができない。たまに教室へ入っても授業はどんどん先きに進んでしまっていて、私一人だけがチンプンカンプンでキョロキョロするばかり、読み書き、ソロバンもへったくれもなかった。

が、そんな私にも「神サマ」はいた。担任教師の指田《さしだ》先生という男の先生である。先生は母子家庭の私の家にたびたび足を運び、生活費は子役の私の収入の他にはないことなどを知ったのだろうか、私と養母が地方のロケーション撮影や、京都の撮影所へ長期の出張をするときには、必ず、上野や東京駅まで見送りに来てくれた。そして、先生の手には必ず二、三冊の子供の本があった。

忘れもしない、「コドモノクニ」「小学一年生」……美しい絵本の数々……私はそれらの本を抱きしめて、心底嬉しく、穴のあくほどくりかえし眺めては、ひとつ、またひとつ、と文字をおぼえた。わたしがあやうく文字を知らぬ者になるのをまぬがれたのは、全く指田先生のおかげだった。

私は、指田先生のフルネームも知らぬまま、蒲田小学校から大崎の小学校へ転校してしまった。指田先生とはそれきり会うこともなかったけれど、指田先生は私の「神サマ」として私の胸にしっかりとやきついた思い出の方であった。

昭和四十年ごろだったろうか、私はテレビの人気番組だった「御対面」に出演した。テレビ局が内密に探した或る人物が突然現れて、「御対面!」というたあいのない公開番組である。ドラが鳴り、BGMにのって、私の目の前に現れたのは、なんと、私の「神サマ」、指田先生その人であった。広い額、ちょっとアゴの張った顔、きちんとした背広姿……「指田先生!」、私は思わず走り寄って先生にしがみついた。その私に、指田先生は静かに口を開いた。

「私は、指田の息子です。父は十年前に亡くなりました」

「…………」

絶句。棒立ちになった私の姿がよほどおかしかったのか、会場は大爆笑になった。考えてみれば、昭和五年当時の指田先生は三十歳そこそこ、私は六歳の子供だったのだ……。

会場にうず巻く笑い声の中で、私の頬に、わけのわからない涙がツーとすべり落ちた。


（『週刊文春』１９９８年1月15日号）

志賀さんのお手紙

昭和二十五（一九五〇）年五月、新東宝砧撮影所では小津安二郎監督の製作する映画「宗方姉妹」のスタジオ撮影が始まろうとしていた。「宗方姉妹」の姉は田中絹代が演じ、私は妹役である。私をはじめスタッフ一同の待機するスタジオは水を打ったように静かで、ピーンとした緊張感がみなぎっていた。小津監督の指導の厳しさは映画界に知れわたっていた。私は戦前に子役として、すでに「東京の合唱」をはじめ何本かの小津作品に出演していたが、戦後としては初めての小津さんの映画であった。

やがて小津監督はおなじみの白ワイシャツに白いピケ帽で現れ、クランクインとなった。監督は役者たちの緊張をほぐすかのように冗談を連発するのだが、その冗談は高級すぎるのか、周囲の人たちの笑いは爆発することもなくさざ波のように広がり、消える。そしてご多分にもれず、俳優の演技・セリフは何十回となくNGがだされるのだった。私と父親役の笠智衆とが廊下に座ってしゃべるシーンを撮ったときのこと、ふと見るとベテランの笠の、手

74歳

にもった茶碗が小刻みにふるえている。それを見た私のからだにもふるえが伝わり、とまらなくなってしまった。

その前年、私は映画「細雪」の出演がきっかけで原作者の谷崎潤一郎夫妻と知り合い、その後もずっと親しくさせていただいた。京都のお宅や熱海の別荘にもよく泊めていただき、お嬢さんの恵美子さんとも仲良しになった。

たしかこの「宗方姉妹」撮影の年のことだったと思う。私は小津監督の紹介で志賀直哉とも知り合いとなり、熱海や、後に移った渋谷常盤松の志賀邸を何度か訪ねたことがある。ごぞんじのように志賀さんと谷崎さんは永年の親友であり、小津さんは熱烈な志賀ファンで、おふたりは数年前から親しく行き来していた。

そんなある日、熱海大洞台の志賀さんの家に遊びに行っていると突然雨が降りだした。志賀さんは帰りぎわに「家の下の坂で滑るといけないから、杖をもってゆきなさい」と杖を渡してくださった。当時の私は二十五歳、心中、杖がいるほど足腰やわじゃないわ、とつぶやいてみたものの、志賀さんはむりやり杖を私に押し付け、玄関の前で見送ってくださっている。やむなく私は、左手に傘、右手に杖という格好で急な坂をそろそろと下りはじめた。後ろから「その杖は、用がすんだら谷やん〔谷崎潤一郎〕にやって下さい。あいつなら似合うから」という志賀さんの声が追っかけて来た。このようにして私は熱海にある志賀家と谷崎家の間を行ったり来たりして、時には伝言を頼まれたりしたし、志賀さんの末娘喜美子さんとも仲良くなった。谷崎家の恵美子さん、志賀家の喜美子さんは、私のお古の洋服を、喜んで着てくれたものだった。

昭和二十六年六月から約半年、私はひとりでパリに住んだことがある。子役のころから映画界で働きどおしで心身の疲労がピークに達していたし、人気女優という看板をはずしてふつうの人間として生活してみたい、そんな希望をかなえてくれるところは外国しかなかった。さいわい、仏文学者渡辺一夫が昔下宿していたという家庭を紹介してくれて、そこの未亡人とその年老いた母は、私を子供のようにかわいがってくれ、私は遠い異郷の地で、人情の温かさを初めてのように経験した。

翌年一月に私は帰国し、またもとの女優生活にもどった。その年の四月に私は小津安二郎、上原謙夫妻らと熱海の志賀邸を訪ねた。そのときのことが志賀さんの日記に記録されている。冷汗三斗の思いだが、引用させていただく。「二十五日……午后小津安二郎　高峰秀子上原謙夫妻来る　秋庭俊彦も来て、客と自家《うち》の者合はせて十三人になる　二タ部屋に分ける。秀子色々パリの話をする、話却々《なかなか》面白く、賢いところ気持よし、五時過ぎ四人帰り……」。もう私の記憶もさだかではないが、このとき私がもっぱら土産話をしたらしい。そしてこの年五月末、志賀さんも梅原龍三郎、柳宗悦と一緒にフランス、イタリア、スペイン、ポルトガル、イギリスの長旅に出発された。

昭和三十年三月、私は木下惠介監督の「二十四の瞳」に出演中に親しくなった助監督の松山善三と、ささやかな結婚式を挙げた。そしてこの年、パリ滞在の経験を記した『巴里ひとりある記』、さらにもう一冊『まいまいつぶろ』というエッセイ集を出した。二冊目の本を志賀さんに献呈したときにいただいたお手紙が大切にとってあるので、それを紹介させていただく、七月一日、軽井沢町の旅館「つるや」から出されたものである。

拝呈　先頃の御結婚御祝ひ申上げます　その時申しそびれ大変失礼致しました。それから御著書ありがたく拝受。早速通読大変面白く思ひました。「巴里」よりも一段と心境お進みのやうな気がしました。家族のものその他行列で拝見することになつてゐます

此所で梅原〔龍三郎〕に会ひ御住所知りました。

私も一ト月前渋谷常盤松四〇といふ所に転居しました。ある時遊びに来て下さる事を望んでゐます　電話は青山の六三四八です。

今日も午后から梅原を訪ねる事にしてゐます　　御礼草々

七月一日　　志賀直哉

高峰秀子様

私は志賀さんからもう一通、子役時代に出た「馬」という映画の感想を書いたお手紙をいただいたのだが、どこにまぎれこんだのか見あたらない。お手紙の文面は「「馬」を見た夜、ススキの大草原を一頭の馬が走つてゐる夢をみました」というものだった。

梅原先生にも谷崎先生にも志賀先生にも、私は大変かわいがっていただいた。今となってはどの思い出もなつかしく、私の心の宝物になっている。

（『図書』１９９８年11月号）

初めての銀座

私が初めて「銀座」へ行ったのは、今から七〇余年も前のことで、六、七歳のころだったと思います。もちろん、小さい子供がひとりで銀座などへ行けるはずがなく、つまりは大人に連れられていったということで、気がついたら、そこが銀座というところだった、というわけです。以来、現在に至るまで、私と銀座は長いおつき合いをしています。

記憶に残る夜店の賑わい

私は五歳で「松竹映画蒲田撮影所」に子役として入社しました。私は大正生まれですが、撮影所で働いている人たちはみんな明治生まれのおじさんやおばさんばかりでしたから、チビの私をとても可愛がってくれました。撮影が早く終わった日には、カメラマンや俳優さんが争うようにして、私をタクシーや電車に乗せて遊びに連れていってくれました。そして、行く先は必ず「銀座」でした。新宿でも渋谷でもなく、もっともおしゃれでモダンな銀座だったのは、当時、時代の先端といわれていた映画人の好みにぴったりと合っていたからでしょう。

銀座でのコースはだいたい決まっていました。現在の『銀座天國』（天ぷら）の筋向かいに、小さな和菓子の店舗があって、「ガラガラ」というおもちゃを売っていました。子供が遊ぶ手毬ぐらいの大きさで、表面は最中《もなか》の皮のように薄くて、振るとガラガラと音がします。で、それをパリッと割ると、中には小さな独楽《こま》とか、セルロイドの人形とか、子供が喜びそうなおもちゃが一個入っていました。大人が和菓子を買ったついでに、子供へのお土産にでもしたものでしょう。「ガラガラ」は赤い糸で編んだ細長い袋に五個入っていました。店番をしていたのは、ご主人でしょうか、品の良い優しいおじさんでした。

「ガラガラ」を買ってもらって、さて次は、ブラブラと歩いて、料理屋へ直行です。なぜか日本料理ではなく、『モナミ』、『トリコロール』、『資生堂パーラー』、『オリンピック』などの洋食屋ばかりでした。メニューを読めない私のために、おじさんは、子供が好きそうなハンバーグステーキやオムライスなどを選んで注文してくれました。『モナミ』の「新橋ビューティ」という、細長いコップに入った三色アイスクリームが最高に美味しかったことを、私は今でもはっきりと覚えています。

夕方になると、ずらりと並んだ店舗の反対側、つまり車道に近い場所に何十軒もの「夜店」が並びます。植木、盆栽、和洋の骨董品、古本、小間物、アクセサリー、ステッキ、絵画などの店が、裸電球の下に品物を広げていました。なかでも私が好きだったのは、磯の香りがプンプンする海ほおずきを商う「ほおずき屋」で、私は平べったい海藻の真ん中に小さな穴をあけたほおずきを一個買ってもらってすぐに口に入れ、舌で押さえてビイビイと鳴らすのが楽しみでした。夜店というと、綿菓子やドンドン焼き、アメ細工やしん粉細工などのイメージがありますが、銀座の夜店には食べ物を商う店はまったくなかったと記憶していま す。が、あるいは私の思いちがいかもしれません。

ただ、私が今でも不思議に思うのは、私を連れ歩いてくれた撮影所のおじさんたちが、いつもひとりだった、ということです。自分の好みを度外視して、どこまでも子供の私本位、私が喜ぶ顔を自分も楽しそうに眺めて、帰りは蒲田の私の家まで送りとどけてくれるのですが、彼らはよほどの子供好きだったのか、それともペットでも愛するような気持ちだったのでしょうか。今考えてみても、私にはわかりません。

モンペからロングドレスに替えた日

一〇代の少女期になってからも、忙しい撮影がお休みの日に出かけるのは、やはり、センスがよくて美しく、貴婦人を思わせるような銀座でした。日がな一日、火事場のように騒々しい撮影現場で埃まみれになって働き続ける私にとって、銀座はまさに砂漠のオアシス、別天地でした。

子供のころから、どこかシラーッと醒めたような性格だった私は、一般の少女が夢中になるアクセサリーや衣類にはほとんど興味がありませんでした。というより、お金がなくて買えなかった、ということもあったのですが……。現在でも銀座周辺には、洋画の封切り映画館や劇場がたくさんありますが、当時の私の目的は映画館で、フランス映画やアメリカ映画を観るだけで、さっさと家に戻りました。

というのは、当時、少女スターなどといわれていた私は、ちょっと外を歩いただけですぐに人だかりがして立ち往生していたのです。何年か後、私はパリで半年間過ごしました。あの街は、やはり銀座に比べて少し大人なのかもしれません。俳優や女優がカフェでくつろいでいても、誰も振り返って見たり、サインをしてくれなどとは言いません。そんな様子を私はたいへんうらやましく思いました。銀座では、仕方なく最寄りのお店に逃げこんで、裏口から出してもらったことも度々で、いわゆる「銀ブラ」などということにはまったく縁がなかったのです。

銀座で、あまり人気《ひとけ》のない店といえば、美術商か画廊くらいなものです。私は、隠れ蓑の代わりに飛び込む骨董店や画廊に出入りしているうちに、しだいに美術品や絵画に興味を持つようになりました。そして、乏しいお小遣いをはたいて、そば猪口一個、染め付けの皿一枚、と買い求めるようになりました。現在でも古伊万里の長皿に塩鮭を載せたり、李朝の器におひたしを盛って楽しんでいますが、これも、その当時の後遺症と言えるのかもしれません。美術商のご主人、画廊のオーナーや画家の方々とのおつき合いも、やはり当時から続いている長いご縁です。

昭和二〇年の敗戦のとき、私は、二一歳でした。戦時中、とくに敗戦間際の銀座は、さすがに灯が消えたようにうらぶれて寂しく、店を開けている店舗もまばらで、服部時計店（現在の和光）の大時計だけが、まあ、銀座らしい、といったような風景でした。その四丁目の真ん中に進駐軍のＭＰが立って、スマートな手さばきで交通整理を始めたころから、銀座は再び活気を取り戻してきました。

私もまた、ついこの間まで着ていたモンペをロングドレスに着替えて、日本劇場（現在のマリオン）や、進駐軍専用のアーニーパイル劇場（現在の宝塚劇場）のステージに立って、アメリカのポピュラーソングなどを歌っていました。街には進駐軍のＧＩや「パンパン」と呼ばれる街のお姐さんたち、チョロチョロと走りまわる戦災孤児などが溢れ、日本の男性はどこへ消えてしまったのか影の薄い存在でした。「戦後強くなったのは女と靴下」などという言葉が流行ったのもこのころでした。

レストランでのささやかな披露宴

それから一〇年が過ぎて、私は松山善三という青年と結婚することになりました。相変わらずどこへ行っても人目につくので銀ブラなどできず、結婚前にたった一度だけ『シド』という小さなフランス料理店で、向かい合って夕食をしました。メニューは、私の好きな「ウズラのフォアグラ詰め」でした。そして、結婚式の披露宴も『シド』にして、メインディッシュはデートのときと同じ「ウズラ……」に決めました。お婿さんもお嫁さんも貧乏でピイピイしていたので、招待客を、ギリギリの三〇名にしぼりこんだ文字通りの小宴でしたが、私は、自分の身の丈に合った格好の披露宴だと大満足でした。

こうして銀座に関することを思い出してみますと、「銀座とは長いおつき合い」とはいうものの、いつもコソコソと逃げ歩いてばかりで行動範囲もびっくりするほど狭く、とうてい「銀座をよく知っている」などと言えたものではありません。

この何十年来、洋服は決まった洋裁師に縫ってもらっているので、銀座で洋服を買ったことはなく、デパートに入ってもせいぜい台所用品売り場をのぞいたり、食材を購入するくらいのものです。

銀座には、さすがに上等な料亭やレストランがたくさんありますが、夫婦で気軽に利用しているのは、築地の『竹葉亭本店』（鰻）とか、『松坂屋』（デパート）のお好み食堂のトンカツで、車の駐車がしやすかったころには『資生堂パーラー』のミートコロッケ、ドイツ料理の『ケテル』、お寿司の『きよ田』、洋風懐石の『胡椒亭』などがなじみの店で、私たちはよく通いました。

昔も今も、私の好きな店といえば断然、文具店の『銀座伊東屋』で、名刺や封筒の印刷を頼んだり、レターペーパーやノートを物色したり、と、飽きることがありません。『松屋』（デパート）もちょっと目先の変わったものがあってセンスがよく、私の好きな店のひとつです。

人の集まる場所が苦手な私は、一度も歩いたことがないので、どなたの企画で何時《いつ》から始まったのかも知りませんが「歩行者天国」という習慣はとても素敵だと思っています。車の走らない広々とした銀座通りを、家族連れで自由に散歩を楽しむなんて、考えただけでも気が晴々します。ただし、屋外といっても自宅の庭ではありませんから、あまりハメを外さないように、という条件つきですが……。

いつの場合も「銀座」は東京の顔。品位のある、独特の大人の街であってほしい、と古い人間の私は思っています。（談）

（『別冊サライ』２０００年10月）

谷崎潤一郎 食いしん坊の大文豪

86歳

谷崎先生との初対面は、映画の「細雪」（昭和二十五年・新東宝）の時。確か、熱海のご自宅だったと思う。

四女の妙子役を演《や》ることになった私に、先生が「実際の妙子さんから芦屋言葉を習ってください」とおっしゃって。「映画の関西弁というと、たいてい京都弁か、大阪弁の漫才みたいになる。せめて映画の中で一人ぐらいはきちんとした芦屋言葉を喋ってほしい。それをあなたがやってください」って。それで妙子のモデルになった島川信子さんにじかに芦屋言葉を教えてもらって、それがご縁で先生とは家族ぐるみのお付き合いをさせていただくようになったんです。

先生の第一印象？　やっぱり偉大な感じでしたね。大きな人間だっていう印象だった。私が人生で一番ご馳走になったのは、梅原（龍三郎）先生と谷崎先生のお二人。梅原先生は中国料理が好きで、谷崎先生は徹底して日本料理でした。谷崎先生は「中国料理なんてゴミ溜めだ」、梅原先生は「日本料理なんて〝風〟食ってるようだ」って(笑)。

とにかく谷崎先生は、仕事の他は、ひたすら食べることばっかりという印象でしたよ。よくお引っ越しをされたんだけど、一番よく伺ったのは熱海のお宅です。

私が結婚してまもない頃、熱海のおうちへ「天麩羅食べにいらっしゃい」というんで、松山と一緒にお昼に伺ったことがあるんです。それでお手伝いさんが台所からどんどん運んでくれる揚げたての天麩羅を戴いてたら、松子夫人が「東京から出版社の方達がご挨拶にみえました」。その途端、先生は箸をぶん投げて、「今から天麩羅を食べようというのに何だッ。帰ってもらいなさい!」。松子夫人が「せっかく東京からおみえになったんですから……」って言うと、先生は物も言わずに席を立ったかと思うと、玄関に仁王立ちになって、「食事中に無闇やたらと来られては迷惑です。ごめんください!」って。

でも普段はまことに上機嫌。もう食べることが大好きだっていう感じで、お汁なんてこぼそうものなら、スススッてテーブルに口をつけて吸っちゃうの(笑)。先生はすごくせっかちだから、ゆっくり食事を楽しむんじゃなくて、子供みたいに、もうガツガツ食べる。

ある時、お昼に、京都から東京へ四人で汽車に乗ったことがあったんだけど、先生が私達の切符まで買ってくださって。その時「たん熊」の板前さんがお弁当を四つ、届けてきたの、駅まで。そうしたら、汽車がまだ出発しないうちに先生はお弁当を食べ出した。

先生が京都にいらした頃は、よく「美味しいもの食べにいらっしゃい」って手紙が来たの。それで「人にご馳走する」ってこういうものかと思ったけど、行くとね、「佐々木」という一流の宿屋までとってあって、そこへ、どっかで鶏肉を買って、先生が自分でぶら下げてきて、お昼にスキヤキしてくれたり。嵐山の吉兆でご馳走してくださった時は、「まだ早いから昼寝するか、船にでも乗りなさい」って、桂川に屋形船を用意してくれたり、とにかく何から何まで用意してくれましたよ。

可笑しかったのは、先生ご夫妻と私達夫婦が京都の「たん熊」で食事をしてた時。先生が突然「タクシー呼んでください」と言って、「一足お先に」って奥様を連れて帰っちゃったの。どうしたのかしら、気分でも悪くなったのかしらと思って、私達も宿屋に帰ったんです。そしたら松子夫人から電話でね、「さきほど、何か匂いませんでしたか?」って。「いえ、何も匂いませんでしたよ」って言ったら、あんまり上からつめこみすぎて、下から漏っちゃったんだって。何も下から漏るほど食べなくてもいいと思うんだけど(笑)。

東京では「福田家」が谷崎先生の定宿だったの。その時は川頭(義郎。映画監督)さんも一緒だったんだけど、食事してたら、先生が突然「女将を呼びなさい」って、怒り出したんです。それで女将さんが来たら、「私は年寄りだからこれでいいけど、今日のお客さんは

——川頭さんと私達夫婦ですね——若い方達だから、物足りないと思いますよ!」って。で

も私達は美味しく戴いてたから、「いいえ、もう満腹です」って言ったんだけど、本当は、先生ご自身が物足りなかったんだと思う。

福田家には、出ても出なくても、ずうっと朝から中央公論社が先生のためにハイヤーを待機させてました。そのハイヤーに乗って、銀座に「フジヤマツムラ」っていうすごくいい洋品店があったんだけど、そこに一緒に行ったことがある。先生はネクタイを十本ぐらい買ったわ。先生はご自宅や宿屋では和服だったけど、外出する時は洋服。全然、似合わないの。脚が短くて、太ってる（笑）。

中央公論社の当時の社長だった嶋中（鵬二）さんが私に言ったことがあるけど、「もう谷崎先生が東京へ来るっていうと、すごくお金がかかる」って。定宿は福田家でしょう。車は常に置いとかなきゃいけないし。でもそれだけ遇されるほど、谷崎先生は中央公論社にとってドル箱だったんです。

京都の谷崎邸は庭に泉水があるようなとても洒落たお宅で、夏に伺った時、「先生、このうちは涼しいですね」って言ったら、「そりゃそうだよ。『細雪』の印税で買ったんだから」って笑ってらした。

奥様からしてそうだけど、とにかく何事にも一流じゃなきゃイヤな方でしたね。

亡くなった日も、東京で四人でビフテキを食べる約束をしてたんです。でもご自分の誕生

日に食べ過ぎて風邪引いて、それがもとで亡くなったの。最後まで本当に食いしん坊な先生でしたよ。（談）

（『オール讀物』２０１０年５月号）

激流から凪へ——その心の軌跡

——亡き母・高峰秀子に捧ぐ

斎藤明美

本書は『コーちゃんと真夜中のブランデー』『ダンナの骨壺』に続く、高峰秀子〝幻の随筆集〟の第三弾である。

年代順に編んだのは第二弾と同じだが、しかし本書は、この一冊で、高峰秀子という一人の女性の気持ちのありよう、人としての心の軌跡が、より一層明確に読み取れる点で際立っている。

中でも、二十八歳で書いた「平山秀子氏の生活と意見」、二十九歳で書いた「女優という名の人形」、そして三十歳の「女優に関する十二章」。

この三篇は、高峰の〝叫び〟である。

もちろん高峰は、自ら女優になりたいと思ったことがないのと同様、自ら何かを書きたいと外に向かって求めたことがない。だから当然、雑誌社なり出版社から依頼が来て書いたのだが、これもまた女優業と同じく、「やるからには」という、終生揺るがなかった彼女の何事にも全力で当たるという姿勢が出たために、真実の気持ちを書いた。

高峰は、女優であることに苦しんでいる。

本当の私はどこにいる⁉　私は何者なのだ⁉　このまま死ぬのはイヤだ……。そう叫んでいる。

「女優に関する十二章」などは、読んでいて、高峰秀子という人に強い危うさを感じた。このままではこの人は分裂してしまう、壊れてしまう。気の毒などという同情ではなく、傷ましさを感じた。

もう心はボロボロじゃないか。

三十歳で己を消耗し尽くしてしまうほど、高峰は五歳の時から休みなく走り続けたのだ。

二十七歳で半年パリに逃亡して、一旦は息をついたものの、彼女の疲労はそれで回復するほど生易しいものではなかった。女優であることの〝疲れ〟。

だがそれほどに、自分が壊れそうになるほど、彼女は何としても本当の自分を手放したくなかったのだ。女優という職業が持つ華やかさにも、稼ぐ大枚にも、周囲の狡猾やお追従にも、世間の喝采や揶揄や好奇にも、なにものにも流されず幻惑されず、自分を見失うまいとした。それは、激流に打ち込んだ小さな杭一本にしがみつく溺死寸前の人に、私には見えた。

傷ましい「女優に関する十二章」が収録された池田哲郎編著書『雲の切れ間より』が刊行されたのは、一九五四年の九月である。

ん？　おかしいな。とすると、辻褄が合わない。

その中で高峰は、結婚相手について次のように書いている。

〈年齢なら年下は頼れなくていや。やっぱり年上だ。（中略）だけど映画人だけは結婚したくない〉

一歳だが「年下」で貧乏な「映画人」だった松山善三が決死の覚悟で高峰に交際を申し込んだのは、この前年の夏だ。岩田の著書が出た時にはもう二人は交際していた。それなら、なぜ高峰は先のように書いたのだ？

考えられる理由は、三つある。
①交際はしていたが、内心では「この人とは結婚したくない」と思っていた。
が、これはどう考えても、私が高峰から当時の心境を聞いた限りでは、可能性は極めて低い。高峰が大嘘つきでない限り。
②高峰が「女優に関する十二章」を書いたのは本が刊行される一年以上前だったが、収録

すべき他の人達の随筆が全部揃うのに時間がかかり、刊行が一年後になった。

これは出版の事情としてあり得ないことではない。その間に高峰は松山と交際を始め、「結婚相手についてあんなこと書いたけど、今から訂正するのも変だし、ま、いっか」とそのままにした。

③あえて「年下」「映画人」を否定して書いた。

これが一番可能性がある。なぜなら翌年の一九五五年、高峰は〝同じような手〟を使っているからだ。先輩の田中絹代と雑誌で対談した時、田中に「秀子さんは結婚しないの?」と訊かれ、実際は松山との婚約発表が数日後に迫っていたにもかかわらず、「どこかにいい人がいないかしら。この広い空のどこかに(笑)」とすらっとぼけたのだ。発言中の(笑)は実に意味深く、この時松山は初めて高峰のために映画『この広い空のどこかに』の脚本を書き上げていたのだから。

当時は今のように週刊誌やワイドショーがうるさくなかったとはいえ、〝高峰秀子の結婚〟は大ニュースだ。世間を騒がせたくない高峰は、どこまでも極秘裏を通したと思われる。

が、これも〝嘘つき〟と言えば、言えなくもない。あるいはまた、書いた時には本当にそう思っていたが、実際に付き合ってみたら、「年下」「映画人」である松山が好ましかったので、いきなり変節した。

ウソでも変節でもいい。それによって、高峰は生まれて初めて本当の自分でいられる幸せを得たのだ。

「女優に関する十二章」の次に並ぶ「どうして役をつかむか」以降はすべて、松山と結婚した後の文章である。

「サラダはいかが」「美しく軽やかなネグリジェを」「プレゼント」「スーツケース」……。

高峰の眼は、初めて〝物〟を見ている。

見る余裕が生まれている。

修羅のような独身時代なら、「サラダはいかが」もへったくれもない。それどころじゃないんだから。

高峰秀子は、松山善三との結婚によって、〝心〟を救われたのである。

「人気女優という名の人形」で、

〈私は、何も信用しない。信じるという事がどんな事だか私は知らない。

一生何も信じないでゆけるものだろうか。〉

そう書いた人が初めて人を信じたのだ。

そして荒ぶる波を乗り越えて穏やかな凪に憩っていた頃、私は彼女に出逢った。

「私があんたに優しくできたのは、私がとうちゃん（松山善三）と幸せになってたからよ。

自分が不幸だった時は、世の中の人間がみんな不幸になればいいと思ってた」

七十歳を過ぎた高峰の口からこの言葉を聞いた時、正直な人だと私は思った。

「今が一番幸せ」

呟くように、何度もそう言った高峰の、湖面のような微笑みが、今も忘れられない。

松山善三・高峰秀子養女／文筆家

平成三十年六月

高峰秀子

（たかみね・ひでこ）

1924年、函館生まれ。女優、エッセイスト。
五歳の時、松竹映画「母」で子役デビュー。以降、「カルメン故郷に帰る」「二十四の瞳」「浮雲」「名もなく貧しく美しく」など、300本を超える映画に出演。『わたしの渡世日記』（日本エッセイスト・クラブ賞受賞）『巴里ひとりある記』『まいまいつぶろ』『コットンが好き』『にんげん蚤の市』『瓶の中』『忍ばずの女』『いっぴきの虫』『つづりかた巴里』など著書多数。夫は脚本家で映画監督の松山善三。2009年、作家・斎藤明美を養女に。2010年死去。

あぁ、くたびれた。

幻の随筆集

二〇一八年七月二〇日　初版印刷
二〇一八年七月三〇日　初版発行

著者――高峰秀子
発行者――小野寺優
発行所――株式会社河出書房新社
〒一五一‐〇〇五一
東京都渋谷区千駄ヶ谷二‐三二‐二
電話――〇三‐三四〇四‐一二〇一〔営業〕
〇三‐三四〇四‐八六一一〔編集〕
http://www.kawade.co.jp/

組版――株式会社ステラ
印刷――モリモト印刷株式会社
製本――加藤製本株式会社

ISBN978-4-309-02712-8
Printed in Japan

高峰秀子・著

ダンナの骨壺

幻の随筆集

大女優、名文家、そして人生の達人。
高峰秀子が22歳から79歳まで綴った、
衣・食・住やらなにやら、
もりだくさんな内容のエッセイ集。
この一冊で、高峰秀子の本質がわかる。
すべて単行本未収録です。

河出書房新社